近代名家首版著作導讀叢書

元明散曲小史

導讀

梁乙真　著

上海科学技术文献出版社
Shanghai Scientific and Technological Literature Press

元明散曲小史

甲戌九月　霜厓

图书在版编目(CIP)数据

《元明散曲小史》导读 / 梁乙真著. —上海：上海科学技术文献出版社,2020
(近代名家首版著作导读丛书)
ISBN 978-7-5439-8048-8

Ⅰ. ①元…　Ⅱ. ①梁…　Ⅲ. ①散曲—文学史—中国—元代②散曲—文学史—中国—明代　Ⅳ. ①I207.24

中国版本图书馆 CIP 数据核字(2020)第 016522 号

组稿编辑：张　树
责任编辑：苏密娅

《元明散曲小史》导读

梁乙真　著

*

上海科学技术文献出版社出版发行
(上海市长乐路 746 号　邮政编码 200040)
全 国 新 华 书 店 经 销
四川省南方印务有限公司印刷

*

开本 880×1230　1/32　印张 15　字数 300 000
2020 年 5 月第 1 版　2020 年 5 月第 1 次印刷
ISBN 978-7-5439-8048-8
定价：188.00 元
http://www.sstlp.com

导 读

梁乙真(1900—1950?),原名梁梦书,曾用名梁仪真,河北获鹿人。毕业于上海南方大学。曾在山东惠民、泰安、临沂等地任教,后在《潮梅日报》《中央日报》等报社任职。梁乙真在中国文学史、中国散曲史等研究领域均有创获。主要著作有《清代妇女文学史》《中国妇女文学史纲》《元明散曲小史》《中国文学史话》《花间词人研究》等。

散曲作为古代传统文人心目中的“小道末技”,难登大雅之堂,更难以成为专门的“学问”。20世纪初,散曲研究伴随戏曲、小说研究的兴起,进入现代学者研究的视野。梁乙真的《元明散曲小史》作为一部断代散曲史著作,是对吴梅、任中敏、卢前等学者散曲整理研究成果的阶段性总结、拓展与深化,呈现出更为系统、专业、丰富的“散曲史”面目,对后来多部散曲史的写作产生了重要影响。全书主要章节包括:散曲的开场及清丽派、豪放派、清丽派的黄金时代、后期的豪放派、过渡时期的几位曲家、昆曲未流行前的豪放派、昆曲未流行前的清丽派、昆腔起来后的白苧派、嘉靖后的吴江派、梁沈以外的曲派等。

元明散曲小史

梁乙真著

商務印書館發行

元明散曲小史

甲戌九月 霜厓

序例

元明散曲小史共分十章。前四章述元賢，並依各家活動的時代，分爲前後兩期。第一期從散曲的開場至大德間，相當於鍾嗣成錄鬼簿上『前輩名公』的時代；以關漢卿馬致遠爲主。第二期從大德間至元末，相當於錄鬼簿作者鍾嗣成的時代，以張可久楊朝英爲主。後六章述明人，分爲三期。第一期由洪武至成化末百餘年的曲壇，以汪元亨及明宗室朱有燉爲主，第二期從弘正至嘉靖間（崑腔未起之前）以康海馮惟敏及王磐沈仕爲主。第三期從嘉隆到明亡（崑腔既起之後）以梁辰魚沈璟施紹莘三人爲主。卷首有導論一篇，詳述散曲的起源，體製，和本書的分期諸問題。卷末並附論散曲的支流——小曲作家，及研究散曲參考書目。前後論及者凡四百餘年，作家八十餘人。散曲黃金時代的精英，盡於此矣。

散曲在元明兩代的文壇裏，雖曾顯過強烈的光采，但到清代便由盛極而趨於衰落了。清文士們多專力於詞，對於散曲却謙讓未遑。散曲之新被注意，乃是近十餘年的事情。長洲吳瞿菴先生殆為第一個着手於散曲園地的人。董綬經先生刊印江東白苧及蕭爽齋樂府，明曲乃漸為人所知。同時任中敏盧冀野鄭振鐸趙萬里諸先生，也都用全力來搜輯散曲資料。尤其近四五年來，元明兩代重要散曲集子的不斷地發現與翻印，允為空前未有的熱鬧。

編者近幾年來，對於散曲研究，頗感到濃厚的興味。總集別集的購求，研究資料的探討，風雨晨晦，孜孜不已，案頭積稿盈尺矣。假期無俚，乃竭兩月的時間，將所存積稿爬梳而整理之，使成為有組織有系統的東西，顏曰元明散曲小史，刊行問世。方今散曲的研究，已成一種風氣，珍貴而偉大的新資料，還時時在被發見。本書將來，儘有改寫與增添的所在；甚或有整個變動陣容的必要。現在姑盡我力之所能，見聞之所及，寫為此書。異日倘有最完善美備的「中國散曲史」出版，則吾書算是太陽出來之前的「爝火」罷。

中華民國二十三年，六月，二十八日。梁乙眞。

目次

元明散曲小史

導論

在元明的文囿裏，除了詩詞，戲曲，小說，……之外，『散曲』便是當中的一棵奇葩。牠是繼詞而興的一種『新詩體』，牠的起來把懨懨無生氣行將荒蕪了的詞的文囿，重新注入新的活力使之重新開放出錦繡燦爛的花朵。牠能使人興奮，牠能使人愉快，牠能使人歡喜贊歎手舞足蹈起來。許多的大詩人們都放棄了他們所擅長的有固定之形式的詞來運用這種『新詩體』以抒寫他們的情感了。許多的劇曲家們，也使用着這種名爲曲的『新詩體』，成爲他們的劇曲中可唱的一部分了。散曲到了這時，已是輪將薄中天的太陽，照射出萬丈的光芒，無處不在牠的籠罩裏。牠又是位年已及笄的妙齡少女，更無處不顯示着高潔與可愛的豐滿的姿容。假如說兩宋是詞的『黃金時代」，那末元明便是散曲的「黃金時代」了。

一

說到這裏，我們便應該回頭來探討散曲的起源。因爲在元明散曲已達到了牠的盛年，那末牠的兒童時代至少是要追溯到宋金了。散曲的起源，據我們探討的結果有三點是應該注意的：(一)詞調的轉變，(二)詞句的語體化，(三)諸宮調的繁興。現在分述如下：

(一)詞調的轉變——原來詞的興起，是源於樂府小辭，所以詞之初起多是單調的小令。至北宋而慢詞與後來於單調之外，又有所謂雙疊三疊四疊之分。演至南宋，更於慢詞長調之外，又有所謂四片(卽四疊)之「序子」，(見張炎詞源)如吳文英鶯啼序(春晚懷感)一詞，共二百四十個字，可謂極盡慢聲長調之變了。但其「深晦凝重」也已登峯造極；「物極而復」，於是單調小令的短製又重新回復起來，注以新的活力而構成一種新詩體——散曲；金元作家便都舍詞而從事於曲的製作了。試取五代小詞與元人小令比較之：

雲一緺，

玉一梭，
淡淡衫兒薄薄羅，
輕顰雙黛螺。
秋風多，
雨相和，
簾外芭蕉三兩窠。
夜長人奈何！（南唐李煜長相思）

風飄飄，
雨蕭蕭，
便做陳搏也睡不着。
懊惱傷懷抱，
撲簌簌淚點兒拋。

秋蟬兒噪罷寒蛩兒叫，
淅零零細雨灑芭蕉。（元關漢卿大德歌）

我們將以上一詞（長相思）一曲（大德歌）對照觀之，可以明白五代小詞和元人小令不但形式差不多，即意境也有許多相同之處。可知散曲小令，其前身就是晚唐五代的小詞。

（二）詞句的語體化——詞的引用俗言俚語，在北宋柳永的作品中，已開其先路。到了南宋，像辛棄疾與劉過諸人之作品中尤多。雖然姜吳一派猶在那裏高唱着詞的『惟美主義』，但語體化的詞家仍是不斷地出現於當時詞壇。如阮閱的洞仙歌云：

趙家姊妹，
合在昭陽殿，
因甚人間有飛燕？
見伊底，
盡道獨步江南；

便江北，
也何曾慣見？
惜伊情性好，
不解嗔人，
長帶桃花笑時臉。
向尊前酒底，
見了須歸，
似恁地，
能得幾回細看？
待不眨眼兒覰着伊，
將眨眼兒工夫，
看伊幾遍。（洞仙歌贈宜春官伎趙佛奴）

這首詞通體俱爲淺白直率的口語，且無吳派長調『凝重滯晦』之弊，蓋漸漸和元曲接近了。所以宜春遺事說：『此詞已爲元曲開山矣。』吳瞿安先生亦說：『金元以來士大夫好以俚語入詞；酒邊燈下，四字沁園春，七字瑞鷓鴣，粗豪橫決，動以稼軒龍洲自況，同時諸宮調詞行，卽詞變爲曲之始。』（南北戲曲概言）由此我們可以知道，宋詞的語體化，也爲散曲興起的原因了。

按以上所說的（一）與（二），雖爲元曲的開山，但詞爲歌曲，徒歌而不舞，且以闋爲率，未有連續歌數闋者。於是更進而有諸宮調的興起。

（三）諸宮調的繁興——關於這點，散曲的演變，尤爲重要。但在未講諸宮調之前，先來一說鼓子詞，大曲，賺詞。——原來宋代通行之歌曲，爲『詞，』宋人讌集，多歌詞以侑觴。每歌本以一闋爲度，但因詞調簡短不適宜於歌詠故事，故有繼續歌詠一曲以敍一故事的『鼓子詞』（此種疊詞，宋人往往用之合鼓而歌故名）出現。趙令時的崔鶯鶯商調蝶戀花詞（見侯鯖錄）（一）卽是用

（一）侯鯖錄在知不足齋叢書第二十二集。

十首蝶戀花來詠會眞記的故事。(一)他將元稹會眞記分爲十段，每段繫以蝶戀花一章，因此構成了所謂『鼓子詞』的一體。我擇錄一段，以觀其體：

(會眞記)……後數夕，張君臨軒獨寢，忽有人覺之。驚欻而起，則紅娘斂衾攜枕而至。撫張曰『至矣，至矣，睡何爲哉，』並枕重衾而去。張生拭目危坐久之，猶疑夢寐。俄而紅娘捧崔而至，則嬌羞融冶，力不能運支體，曩時之端莊，不復同矣。是夕旬有八日，斜月晶瑩，幽輝半床，張生飄飄然且疑神仙之徒，不謂從人間至也。有頃，寺鐘鳴曉，紅娘促去，崔氏嬌啼宛轉，紅娘又捧而去。終夕無一言。張生辨色而興，自疑曰『豈其夢耶！』所可明者，妝在臂，香在衣，淚光熒熒然，猶瑩於茵席而已。

(奉勞歌伴，再和前聲：)

(鼓子詞)數夕孤眠如度歲，

將謂今生會合終無計。

(一) 會眞記在唐人說薈中。

正是斷腸凝望際，
雲心捧得嫦娥至
玉困花柔羞搵淚，
端麗妖嬈，
不與前時比。
人去月斜疑夢寐，
衣香猶在妝留臂。（蝶戀花）

趙令時是北宋元祐間人。他是蘇軾的好友，在當時也是位出名的詞人。自他創『鼓子詞』後，到南宋時便行於民間了。陸游詩云『斜陽古柳趙家莊，負鼓盲翁正作場；死後是非誰管得，滿村聽說蔡中郎。』鼓子詞這時已成爲民間歌唱最流行的一體了。

但是『鼓子詞』之爲用，只以應歌唱而不協以跳舞。至歌舞相兼者，宋人稱爲『傳踏』（亦稱轉踏，又稱纏達）演法以歌者組成二隊，男隊名『小兒隊，』女隊名『女弟子隊。』先由參軍登場召集，叫做『勾隊』，演時帶歌帶舞，叫做『隊舞』，舞畢散班，叫做『放隊。』

曾慥樂府雅詞（一）曾錄無名氏的調笑集句，鄭僅的調笑轉踏，晁無咎的調笑；皆是以詩與曲相間而組合成之的。先陳『入隊』的致詞，然後是一首詩，再後是一首曲，以後皆是一詩一曲相間，末則結以『放隊』詞。茲舉鄭僅的調笑轉踏（見樂府雅詞卷上）：

（入隊）良辰易失，

信四者之難併，

佳容相逢，

實一時之盛會。

用陳妙曲，

上助清歡，

（一）樂府雅詞有四部叢刊本。

女伴相將，
調笑入隊。

（詩）秦樓有女字羅敷，
二十未滿十五餘，
金鐶約腕攜籠去，
攀枝折葉城南隅。
使君春思如飛絮，
五馬徘徊芳草路，
東風吹鬢不可親，
日晚蠶飢欲歸去。

（曲）歸去，
攜籠女，

南陌春愁三月暮，
使君春思如飛絮，
攀折枝葉城南隅。
蠶飢日晚空留顧，
笑指秦樓歸去。

（放隊）新詞宛轉遞相傳，
振袖傾鬟風露前，
月落烏啼雲雨散，
游人陌上拾花鈿。

鄭詞共十二曲，僅錄第一詠羅敷之曲，及『入隊』『放隊』詞。『傳踏』之外，宋人樂曲尚有『大曲』『賺詞』等皆兼歌舞，且其用曲更較繁於『傳踏』了。先談『大曲』。

在宋人的著作裏，所見的大曲，如董穎詠西子事的道宮薄媚，（一）曾布詠馮燕事的水調歌頭等都是長篇的敍事歌曲。董曲薄媚排遍第八，到第七煞袞止，共有十遍。曾曲水調歌頭則從排遍第一起，到排遍第七攧花十八止，共有七遍。此等組織便與董西廂相類了。又有史浩鄮峯大曲，有劍舞採蓮等七套，並詳錄舞態歌詞，及參軍致語，宋大曲之詳備無有過於此曲的了。（見朱祖謀彊村叢書）現我舉董穎薄媚作例，並略加以說明。這曲起首排遍第八敍作曲的大意，如南散套的引子。以下敍西子生平，從排遍第九至第六歇拍『娥眉宛轉，竟殞鮫綃』西子之死；到第七煞袞止，敍西子死後徘徊憑弔之意。所以此曲乍觀之疑爲殘缺，實則首尾完整，散曲的「套數」即是從此嬗蛻的了。茲擇錄一二曲：

怒潮捲雪，
巍岫布雲，
越襟吳帶如斯。

（一）薄媚見樂府雅詞卷上。

有客經游
月伴風隨。
值盛世觀此江山美，
合放懷何事卻興悲？
不爲回頭舊谷天涯，
爲想前君事。
越王嫁禍獻西施，
吳即中深機。
闔廬死，
有遺誓，
勾踐必誅夷。
吳未干戈出境，

倉促越兵，
投怒夫差，
鼎沸鯨鯢。
越遭勁敵，
可憐無計脫重圍。
歸路茫然，
城郭坵墟，
飄泊稽山裏。
旅魂暗逐戰塵飛，
天日慘無輝。（薄媚排遍第八）

這是薄媚的開場，以下更歷敍西子生平以至她『蛾眉宛轉，竟殞鮫綃，香骨委塵泥，渺渺姑蘇，荒蕪鹿戲。』（第六歇拍）到第七煞袞便是憑弔她了：

王公子，
青春更才美，
風流慕連理。
耶溪一日，
悠悠回首凝思。
雲鬟煙鬢，
玉珮霞裾，
依約露妍姿。
迭目驚喜，
俄迂玉趾，
同仙騎洞府歸去。
簾籠窈窕戲魚水，

正一點犀通，
遽別恨何已。
媚魄千載，
教人闇意，
況當時金殿裏。（第七煞袞）

此等大曲，遍數雖多，雖能搬演故事，但牠皆以詞牌作之；非若元賢關馬鄭白之用套數。惟較大曲更進而至『諸宮調』則合數宮調中的各曲以詠一事，用曲便繁，已漸近元曲；眞正名爲散曲的新詩體，就在此時先告成立了。

諸宮調的出現，便是與散曲有直接的關係了。蓋在諸宮調裏，牠已用到散曲成爲彈唱的部分了。諸宮調的出現，是在北宋之末。王灼碧雞漫志（一）說道：

（一）碧雞漫志在知不足齋叢書第六集。

熙豐元祐間，兗州張山人，以詼諧獨步京師，時出一兩解，澤州孔三傳者，首創諸宮調古傳，士大夫皆能誦之。（卷二，四頁）

吳自牧夢粱錄（一）也說道：

說唱諸宮調，昨汴京有孔三傳，編成傳奇靈怪，入曲說唱；今杭城有女流熊保保及後輩女童，皆效此說唱。（卷二十）

耐得翁都城紀勝（二）也說：

諸宮調本京師孔三傳編撰，傳奇靈怪，入曲說唱。（頁九）

此外孟元老東京夢華錄（三）（卷五）記崇觀以來『瓦舍伎藝』有孔三傳耍秀才諸宮調。

（一）夢粱錄在知不足齋叢書第二十八集。

（二）都城紀勝有楝亭十二種本。

（三）東京夢華錄有學津討源本。

是諸宮調乃是熙豐元祐間一位才人孔三傳所創作無疑了。又周密武林舊事（一）（卷六）所載諸色伎藝人，諸宮調傳奇有高郎婦黃淑卿王雙蓮袁大道等四人，則南北宋均有之矣。

諸宮調雖然創於北宋之末，但其流行的最盛卻在宋金。夢粱錄和武林舊事所記載的以講唱諸宮調爲業的人甚多。在石君寶的諸宮調風月紫雲亭（見元今雜劇三十種）劇裏有『我唱的是三國志，先饒十大曲俺娘便五代史添續八陽經。』又如董解元西廂記卷一的開卷：

俺平生情性好疏狂，
疎狂的情性難拘束。
一回家想麽，
詩魔多，
愛選多情曲。

（一）武林舊事有武林掌故叢編本。

比前賢樂府不中聽，
在諸宮調裏卻著數，
一個個旖旎風流濟楚，
不比其餘。（太平賺）
也不是崔韜逢雌虎，
也不是鄭子遇妖狐。
也不是井底引銀瓶，
也不是雙女奪夫。
也不是離魂倩女，
也不是謁漿崔護。
也不是雙漸豫章城，
也不是柳毅傳書。（柘枝令）

從此曲看來，可見諸宮調的著作在那時是很多的了。但今日所見者除董解元西廂記諸宮調，無名氏的劉知遠諸宮調（一）王伯成的天寶遺事諸宮調（二）以外，卻別無第四本了。但在現存的幾本諸宮調中，無疑的西廂記諸宮調推為第一，董曲文辭的精工巧麗，凡見之者沒有一個不是極口的贊賞。明胡應麟的少室山房筆叢說：

西廂記雖出唐人鶯鶯傳，實本金董解元。董曲今尚行世，精工巧麗，備極才情，而字字本色，言言古意，當是古今傳奇鼻祖。金人一代文獻，盡於此矣。

這話並不是瞎恭維，我們看元稹會眞記才是那末短短的一篇傳奇文，而到了董解元手裏，他能夠放大展開到如此的浩浩莽莽的一部偉大的宏著；而文辭又是那末樣的工麗，結構更那末樣

（一）劉知遠諸宮調考，日本青木正兒著，賀昌羣譯，見北平圖書館刊第六卷中。

（二）天寶遺事諸宮調，從明以來便不傳，鄭振鐸君嘗從雍熙樂府，北詞廣正譜，九宮大成譜輯出五十四套曲，相當全書四之一。（太和正音譜亦有數套）

的整密，這種著作的富健，誠是前無古人；且自王實甫以下諸西廂記其結構其文辭殆無不爲董曲的太陽光似偉著所籠罩而不能越其範圍了。(一)今錄二三調以示例：

（黃鐘宮）最苦是離別，

彼此心頭難棄捨。

鶯鶯哭得似癡呆，

臉上啼痕多是血，

有千種恩情何處說？

夫人道：天晚教郎疾去，

怎奈紅娘心似鐵。

把鶯鶯扶上七香車，

（一）董解元西廂有暖紅室彙刻傳奇本。（劉世珩編訂）

君瑞攀鞍空自攧，
道得個冤家寧耐些。（出隊子）
馬兒登程，
坐車兒歸舍。
馬兒往西行，
坐車兒往東拽。
兩口兒離得遠如一步也。（尾）

（仙呂調）落日平林噪晚鴉，
風袖翩翩催瘦馬，
一徑入天涯。
荒涼古岸，

衰草帶霜滑。
瞥見個孤林端入畫，
籬落蕭疏帶淺沙；
一個老大伯捕魚蝦。
橫橋流水，
茅舍映荻花。（賞花時）
駝腰的柳樹上有魚槎，
一竿風旆茅簷上掛。
澹煙瀟灑，
橫鎖著兩三家。（尾）

像這樣美麗的俊秀的盈盈如少女般的所謂曲的新詩體，在這時候（金章宗時約一一九〇——一二〇八）的諸宮調也已用到牠成爲其中彈唱的部分，則我們可斷定散曲在這時已有了同樣美妙的作品了。

劉知遠諸宮調的作者也是位和董解元一樣具有偉大天才的詩人。但董曲是以『工麗』勝，而這位無名氏的作者卻以極渾樸極本色的俗語方言，來講這個動人的故事，已開曲的『本色』一派的先路。茲錄一調爲例：

（道宮）鼓掌笋指，

那知遠目下長吁氣。

獨言獨語，

怎免這場拳踢。

沒事倘自生事，

把人尋不是，

更何況今日將牛畜都盡失。

若還到莊說甚底！

怕見他洪信與洪義。
勸人家少年諸子弟，
願生生世世休做女婿。
妻父妻母在生時，
我百事做人且較容易。
自從他化去，
欺負殺俺夫妻兩個凡女。
鴟着嘴兒廝羅執滅良，
削薄得人來怎敢喘氣！
道是長貧沒富多不易，
酸寒嘴臉只合乞，
百般言語難能喫，

這般材料怎能發跡。（解紅）
大男小女滿莊裏，
與我一個外名難揩洗，
都愛人喚我劉窮鬼。（尾）

諸宮調之外，又有所謂『賺詞』，牠的產生較後於諸宮調，但牠並不是諸宮調的同羣，乃是『大曲』的一家，牠是取一宮調中許多不同的曲牌組織起來以成一全體，已打破大曲反覆的單以一個曲調來唱歌的，像後來的諸宮調中的歌曲的結構似頗受到牠的影響。吳自牧夢粱錄云：

紹興年間有張五牛大夫因聽動鼓板中有太平令或賺鼓板，（卽今拍板大節抑揚處是也）遂撰爲賺。賺者誤賺之意，正堪美中聽，不覺已至尾聲，是不宜爲片序也。又有覆賺，其中變花前月下之情及鐵騎之類。（卷二十）

這已把『唱賺』的歷史說得詳細。此外耐得翁的都城紀勝也有同樣的記載。但這種賺詞傳於今者已如『鳳毛麟角。』王國維曾於事林廣記（戊集卷二）裏發現了名爲『圓社市語』的一篇賺詞，其前且有唱賺規例。（見宋元戲曲史第四章）牠的結構是這樣的：

（中呂宮）相逢閒暇時，
有閒的打喚瞞兒，
呵囉聲嗽道膁斷，
俺嗏歡喜，
纔下脚，
須知美。
試問伊家有甚夾氣，
又管甚官場側背，
算人間落花流水。（紫蘇丸）
把金銀錠打旋起，

花星臨照我，
怎彈避？
近日閒游，
因到花市簾兒下，
瞥見一個表兒圓，
咱每便著意。（縷縷金）
生得寶妝蹺，
身分美，
繡帶兒纏脚，
更好肩背，
畫眉兒入鬢春山翠，
帶着粉鉗兒，

更綰着朝天髻。（好女兒）

……………………（大夫娘）

……………………（好孩兒）

春游禁陌，
流鶯往來穿梭戲，
紫燕歸巢，
葉底桃花綻蕊。
賞芳菲，
蹴鞦韆高而不遠，
似踏火不沾地，
見小池風擺，
荷葉戲水。

素秋天氣，
正翫月斜插花枝，
賞登高佶料沙羔美。
最好當場落帽，
陶潛菊繞籬。
仲冬時，
那孩兒忌酒怕風，
帳幙中纏脚忒稔膩。
講論處下梢團圓到底，
怎不則劇。（賺）
……（越恁好）
……（鶻打兔）

五花叢裏英雄輩，
倚玉偎香不暫離，
做得個風流第一。（尾聲）

這個是載事林廣記，但未明爲何時人所作。王國維氏斷爲南渡之後的作品。他說此詞前有『遏雲要訣』「遏雲爲南宋歌社之名。武林舊事（卷三）道：『二月八日爲相川張王生辰，霍山行宮朝拜極盛，百戲競集，如緋綠社（雜劇）齊雲社（蹴球）遏雲社（唱賺）……』，吳自牧夢粱錄（卷十九）社會條下亦載之。這樣賺詞既流行於當時，西廂記諸宮調的歌曲裏，有用賺處，元劇的歌詞裏也有用賺處：可見牠的影響是很偉大的了。

二

散曲之嬗蛻的過程既已明白，我們可進而討論散曲的體製。——散曲通常分爲『南』『北』二類，北曲爲流行於金元及明初的東西。南曲則其起源雖較北曲爲早，其流行卻到元末明初了。南曲和北曲的出現雖有早晚，但其最初的萌芽是同一從詞裏蛻化出來的。蓋當南宋之際，金人南下而牧馬，佔領了中國中原之地，在社會流行的可唱的詞，流落於北方，後來和『胡夷之曲』及北方的民歌謠俗合便成爲北曲的雛形。其後蒙古入中原，加以漸漸的改變，於是到了元初才有正則的北曲出現於文壇之上。明人騷隱居士衡曲麈談（一）說：

自金元入中，所用胡樂嘈雜緩急之間詞不能按，乃更製新詞以媚之；作家如貫酸齋馬東籬輩咸富於學，兼擅音律，擅一代之長……大江以北漸染胡語。（頁二）

徐渭南詞敍錄（二）說：

今之北曲蓋遼金北部殺伐之音，壯偉狠戾，武夫馬上之歌流入中原，遂爲民間之日用。宋詞旣不可被絃管南人亦遂尙此。上下風靡，淺俗可嗤。（頁二）

徐氏和麈談所記，已將北曲的成因說得很爲明白。蓋北方胡馬之地，天高風緊，他們的音樂，自

（一）衡曲麈談一卷有曲苑本。

（二）南詞敍錄一卷有曲苑本。

然也脫不了那種金戈鐵馬的氣概；一與漢人相接，中原的音韻，便呈一種劇變而爲莊嚴雄健之音。

徐渭在南詞敍錄又說：

> 聽北曲使人神氣鷹揚，毛髮洒淅，足以作人勇往之志，信胡人之善於鼓怒也，所謂其聲噍殺以立怨是已。（頁六）

南曲的起源大約與北曲同時，或者還比較的稍前些。他的成因也是由於金人南侵，許多的文人藝人隨着政治的轉移南渡；於是『詞』便流存於南方，又和南方的『里巷之曲』結合而爲南曲。其後，蒙古人入主中國，胡語流行，不能欣賞南方的音樂，南曲便漸漸失去社會的注意，於是南曲寖衰而元代遂爲北曲盛行的時代。到了朱明以南方平民揭竿起事，把元人逐回漠北，定都金陵；南人的勢力，一旦恢復，於是南曲也跟着南人的嗜好重露頭角。徐渭南詞敍錄裏也說：

> 南戲始於宋光宗朝，永嘉人所作趙貞女王魁二種實首之。……或云（祝允明）宣和間已濫觴，其盛行則自南渡，號曰『永嘉雜劇』。又曰『鶻伶聲嗽』。其曲則宋人詞而以里巷歌謠，不叶宮調，故士大夫罕有留意者。元初北方雜劇流入南徼，一時靡

然向風，南詞遂絕，而南戲亦衰。順帝朝忽又親南而疎北，作者蝟興，語多卑下，不若北之有名人題詠也。永嘉高經歷明避亂四明之櫟社，乃作琵琶記，用雅麗之詞以洗作者之陋，於是村坊小伎，進與古法部相參，卓乎不可及已。……高皇帝即位聞其名使使徵之，則誠佯狂不出，高皇不復強，亡何卒。時有以琵琶記進呈者，高皇笑曰『五經四書，布帛菽粟也，家家皆有；高明琵琶記如山珍海錯，富貴家不可無。』既而曰『惜哉，以宮錦而製鞵也。』由是日令優人進演，尋患其不可入絃索，命教坊奉鑾史忠計之色長劉杲者遂撰腔以獻。南曲北調可於箏琶被之，然終柔緩散戻，不若北之鏗鏘入耳也。（頁一）

他這已把南曲淵源說得很明白了。我們於此應注意者：（一）其曲則宋人詞而益以里巷歌謠（二）南曲則元代尚不爲社會所注意，（三）高明爲南曲最早的一位作家，（四）明初南曲尚不大盛（其盛在弘正以後，）蓋『柔緩散戻，不若北之鏗鏘也。』

無論南曲或北曲，在牠本身的結構上皆可分爲兩種不同的定式，即『小令』與『散套』的兩類。何謂小令，何謂套數，在燕南芝菴先生唱論裏說『有尾聲名套數』（見楊朝英陽春白雪（一）前一）這不過就普通情形而言罷了。但元曲散套已多無尾聲，明曲又多無尾聲的散套，可知。這種分別是不妥當的。我們平常看到套數普通的情形是這樣的：（一）至少二首以上同宮調的曲牌相聯，（二）有尾聲，（三）首尾一韻。但在這三點中，自小令有『重頭』的一體而後，無論南曲或北曲所謂（一）不必散套如此；至於（二）往往無論南北，更都不盡是如此。現在所餘只有（三）項爲南北套的定規了。所以散套與小令的區別，並不在一大一小，一短一長，一單一複，一有尾聲一無尾聲，牠們最主要的區別，即小令無論單複都可首各爲韻。論散套則無論長短全套要必叶一韻。小令與散套的區別既已明白，再進而研究牠們的體段。任中敏在散曲概論體段第四裏對於小令和散曲的體段，曾列一個明的表：

（一）陽春白雪十卷，有元刊本，有散曲叢刊本。

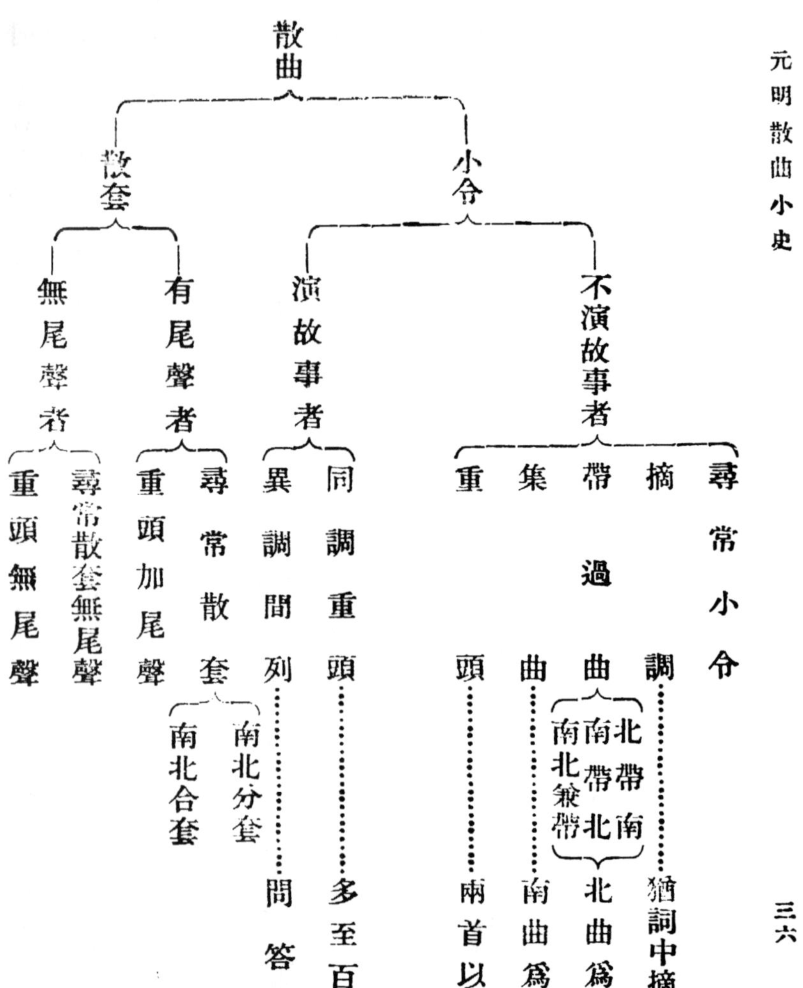
散曲
散套
小令
無尾聲者
有尾聲者
演故事者
不演故事者
重頭無尾聲
尋常散套無尾聲
重頭加尾聲
尋常散套
南北合套
南北分套
異調間列
問答體
同調重頭
多至百首
重頭
兩首以上
集曲
南曲爲盛
帶過曲
南北兼帶
南帶北
北帶南
北曲爲盛
摘調
猶詞中摘遍
尋常小令

小令起源於詞的小令，（參看上例李煜的長相思與關漢卿的大德歌）是單一的簡短的抒情歌曲，（他的本意因體製較爲短小，對於成套之曲而言。與詞中所謂五十字以內之小令不同）小令的曲牌，常是一個，且一首一韻到底。但也有例外的，像：

（一）帶過曲……這種初僅北曲小令中有之。後來南曲內與南北合套內也偶爾仿用了。何謂帶過曲？牠的解釋，是作者塡一詞完畢之後，意猶有餘未盡，於是再續拈一他調，且這兩調之間的音律，又適能相接銜。倘作者兩調猶嫌不足時，更可以再拈一調，但到三調爲止，即不能再添，若欲再添只好改作套了。至帶過曲調式，任中敏散曲概論錄有三十四調，但前人最習用之格式亦不過五六調而已。（正宮脫布衫帶小梁州，南呂罵玉郎帶感皇恩採茶歌，雙調水仙子帶折桂令，雙調雁兒落帶得勝令，雙調沽美酒帶太平令，雙調對玉環帶淸江引）

（二）集曲……如詞中之犯與攤破，頗流行於南曲裏。牠的形式，與北曲之帶過曲相當，但內容實不相同。即帶過曲不過取許多整個之調相連續之，然其名仍用各調的原名相連。如『雁兒落帶得勝令』之類。但集曲就不是這樣了，牠是取各曲中零句合而成爲一個新調的例如羅江怨（一名楚江情）便是摘合了香羅怨皂羅袍，一江風三調中各數句而成的。又如梁辰魚的江東白苧集（一）（續下）所載九疑山，巫山十二峰兩曲乍視其名似爲一單調，實則九疑山係九調，巫山十二峰由十二調之句法參雜而成的。集曲最長者莫如三十腔，乃於三十枝不同之調中摘句合而成爲一新調。眞乃『非套非令，』元人的體製到此蕩然無一毫存留了。

（三）重頭……卽以頭尾相同之調，一再重複用之，歌詠一件連續的或同類的景色或故事。例如元張可久四首賣花聲小令，詠春，夏，秋，冬四景。或竟以一百首小桃紅小令詠唱西廂故事（惟每首韻各不同，）小令而至重頭，牠的爲用漸漸大了。我們先看張可久的曲：

（一）江東白苧二卷，續二卷，有曲苑本。

鼕鼕簫鼓東風暖，
是處園林景物妍，
一春常費買花錢。
春郊遊玩，
西湖筵宴，
樂醄醄滿斟頻勸。（四時行樂的春）

澄澄碧照添波浪，
靑杏園林煑酒香，
浮瓜沈李雪氷涼。
紗櫥藤簟，
旋篘新釀，
樂醄醄淺斟低唱。（四時行樂的夏）

瀟瀟鞍馬秋雲冷，
一帶西山錦畫屏，
功名兩字幾飄零。
東籬瀟灑，
淵明歸興，
樂醄醄故園三徑。（四時行樂的秋）

陰風四野彤雲密，
繚繞長空瑞雪飛，
銷金帳裏笑相偎。
氈簾低放，
滿斟瓊液，
樂醄醄醉了還醉。（四時行樂的冬）

這是張可久賣花聲四首重頭，總題爲四時行樂，而各首分題則爲春，夏，秋，冬。且春叶歡桓，夏叶江陽，秋叶庚亭，冬叶支時，闋各一韻，亦闋各一詠，這是重頭的較簡之例。重頭之多者莫如明李開先百闋傍妝臺，王九思和之各重至一百首。（兩種合刻名南曲次韻）此外如雍熙樂府（卷十九）（一）所錄的摘翠百詠小春秋也小桃紅百首重頭，且爲敘述故事者。玆摘錄百之八以嘗一臠：

淸白相國重當朝，
這妮子先不肖。
潑賤奴才聽他調，
往來挑，
誰知送下家生哨。
把他氣倒，

（一）雍熙樂府二十卷，明郭勛編，有明刊本，（北平圖書館藏）有四部叢刊續編本。

等他來到，
粗棍打折腰。（五十九，事鬧夫人）
若還你到母親前，
見責休埋怨。
款裏慢把良言勸，
問根源，
覷些喜怒承機變。
望姐姐可憐，
替說些方便，
善爲我辭焉。（六十，紅行鶯囑）
叮嚀行坐守閨房，
誰料你將心放。

夜靜更深沒擱當；
小花娘，
勾引小姐同胡創。
有何勾當；
因甚狂蕩，
實與我說行藏。（六十一，夫人詰紅）

家翻宅亂鬧啾啾，
諕的我難開口，
惱犯尊顏怎收救。
沒來由，
自家攬得愁來受。
雨點似棍抽，

火急般追究，
做媒的下場頭。（六十二，紅娘受責）
既然奶奶問根苗，
只索從頭道。
當日寺中解危鬧，
那功勞，
至今一向何曾報。
俺姐姐意好，
怕哥哥心惱，
因此效鳳鸞交。（六十三，紅答夫人）
這場煩惱怎周折，
老母尋枝節。

喟箭連珠把人射，
枉咨嗟，
兢兢戰戰心喬怯。
臉兒羞怎遮，
懷兒愁怎卸，
有甚話兒說。（六十四，鶯鶯自念）
尊前敢掉巧舌頭，
有事當窮究。
看了張生那清秀，
本風流，
胸中志氣沖午斗。
與姐姐既有，

望奶奶將就，
結末了燕鶯儔。（六十五，紅衲夫人）
養女從來氣不長，
惱得我魂飛蕩，
家醜不可外談揚。
這一場，
吞聲忍氣難和他講。
沈吟了半晌，
你說的言當，
何必再商量。（六十六，夫人允諾）

此外在小令中尙有所謂『異調間列體』乃散曲小令之別體，這個名子前人並沒有用過，始見於任中敏的散曲概論。但這種體的作品，除樂府羣玉（一）（卷二）所載王日華與朱凱合作的

『雙漸小青問答』外，恐別無第二曲了。

散曲中的套數起源於宋大曲，（參前董穎薄媚）及唱賺，（參前圓社市語）至諸宮調而套數之法乃大備。（參前董西廂諸宮調）套數的組成普通有三種情形（一）至少二首同宮調之曲牌相聯，（若宮調雖異，而管色相同者亦可互借入套）元人最長的套數如劉致上高司監正宮端正好套（參閱本書章二）有三十四調之多。（二）有尾聲，以示全套之樂已闋，（三）首尾一韻。（此層最爲緊要）南套全部分爲『引子』，『過曲』，『尾聲』三個不同之曲牌始成爲一套。北曲至少須有一正曲及一尾聲。但無論套數長短，無論使用若干首的曲牌，從首到尾必須一韻到底，這是套數顛撲不破的規律。

套曲之外在元末的時候又有所謂『南北合套』的新調出現之於曲壇。元鍾嗣成錄鬼簿

（一）樂府羣玉，有明鈔本，有散曲叢刊本。

（一）云：

范居中（杭州人……有樂府及南北腔行於世）第二期人。

沈和（字和甫杭州人能詞翰善談謔天性風流兼明音律以南北調合腔自和甫始，）第二期人。

看他們兩個人想必在北曲之外兼作南曲的。他們或者是取北曲的長處而變革南宋所遺留的南曲的舊體，創造南北合腔的新調，以取得兩者對立的地位，南曲的復活和改革的氣運想必就在這個時候開始了。任中敏曾說出南北合套誕生的原因道：

蓋北曲每套限一人唱，歌者久以為苦，南北聲音又各有所偏，宜相調和，二者融合成套，則各救其弊，得中和之美矣。此種在劇曲與散曲中，並行不廢……（散曲概論卷一，頁二九）

（一）錄鬼簿有楝亭十二種本，有王忠慤公遺書本。

我們於此可以知道，這南北合套的出現，反在今知純粹的南曲散套的出現以前。由此可知南曲的存在，是在較今所知的時候爲久遠的了。

三

關於散曲嬗蛻的歷史及其體段上的種種形式，已經說了個大概，茲更進而敍述元明兩代散曲派別的演進，及本書之分期的標準。先敍元代——散曲在元代，是牠的黃金時代，在這時作家之盛和作品的豐富，好像雨前層雲般的推推擁擁地走向無垠的天空。就牠的作者講：上至於達官貴人（如劉秉忠盧摯，）下而優倡妓妾（如黑老五大都行院王氏，）以至蒙古人（如貫雲石阿里西瑛，）……無不在試作着。至就牠的內容而論：有黃冠體（如喬吉的水仙子，）有草堂體（如張可久的水仙子閑樂，）有楚江體（如張可久的普天樂秋懷，）有香奩體（如陳克明的一半兒春醉，）有騷人體（如杜遵禮的醉中天佳人黑痣，）有俳優體（如王鼎的撥不斷胖夫妻，）以及承安，玉堂……。若說到應用一方面：有用之嘲謔的（如王鼎嘲胖夫妻，）有用之勸戒的（如劉庭信的戒嫖蕩，）有懷古的（如虞集折桂令三國蜀漢事，）有諷刺的（如曹明善清江引長門柳，）有警世的（如張養浩紅繡鞋，）有詠物的（如劉秉忠乾荷葉。）有用以敍離別之情的（如盧摯落梅風送別珠簾秀，）有用以寫幽會之辭的（如關漢卿的新水令套。）甚而以散曲爲說帖的（如劉致的上高司監端正好二套，）代賀表（如吳仁卿的鬥鵪鶉套；）及敷陳故事的（如王曄與朱凱合作的題雙漸小青問答。）總之凡在詞的園囿之內的一切萬象，而散曲也無不包羅着。（實較詞應用尤廣）

但元曲何以如此發達呢？我以爲有二：（一）元代的廢科舉，（二）民族間的不平等。關於（一）王國維宋元戲曲史（一）道：

余則謂元初之廢科目，却爲雜劇發達之因。蓋自唐宋以來，士之競於科目者，已非一朝一夕之事，一旦廢之，彼其才力無所用，而一於詞曲發之。且金時科目之學，最爲淺陋，（觀劉祁歸潛志卷七八，九數卷可知）此種人士失所業，固不能爲學術上之事；

（一）宋元戲曲史有文藝叢刊本。

而高文典册，又非其所素習也；適雜劇之新體出，遂多從事於此。而又有一二天才出於其間，充其才力，而元劇之作，遂爲千古獨絕之文字。……（第十章元劇之時地）

王氏此種見解很是對的，他雖是說的元雜劇，但散曲的發達亦是這樣的。至沈德符野獲編（一）（卷二十五）及臧晉叔元曲選序均謂蒙古時代，曾以曲取士，作者且借此爲進身之階，那便不可靠了。

（二）元代以異族入中國，對待漢人頗爲刻苦，而不使之居高位。這些才智之士，既不得志於有可，乃憤而作曲，以寫他們的不平之氣，這亦爲元曲特盛的惟一原因。明胡侍的眞珠船曾寫蒙古時代民族的不平等道：

蓋當時台省元臣，郡邑正官，及雄要之職，中州人多不得爲之，每沉抑下僚，志不得伸。如關漢卿乃太醫院尹，馬致遠省行務官，宮大用鈞台山長，鄭德輝杭州路吏，張小山

（一）野獲編有學海類編本

首領官。其他屈在簿書，老於布素者尚多有之；於是以其有用之才，而一寓之於聲歌之末，以抒其拂鬱感慨之懷，所謂不得其平而鳴者也（焦循劇說（一）引）

關於元曲發達的原因既已明白，可進而敍述元代的散曲作家。

元代散曲作家據近人搜討的結果，竟有二百二十七人之譜，但實際或許較這個數目更多。在這許多的作家們活動的時代，可以分爲兩個不同的時期：

第一期從金末到元大德年間（約一二三四——一三〇〇）的六十餘年，相當於鍾嗣成錄鬼簿上所說的『前輩名公』的時代。

第二期便是由大德間至元末（一三〇〇——一三六七）的六十餘年，相當於錄鬼簿作者鍾嗣成時代。

（一）劇說六卷有曲苑本，讀曲叢刊本。

在這第一期的作家中可依照他們作風的不同分爲清麗的豪放的兩派。屬於清麗派的如關漢卿，王和卿，王實甫，杜善夫，商挺，楊果，劉秉忠，胡祗遹，姚燧，元好問，白樸，盧摯……等十二人。他們這些人的地位，雖然有些不同但他們『清麗雋美』的作風，却好像是有共同的似處；——只有杜善夫王和卿等數人作品時露詼諧的風趣而已。屬於豪放派的重要作者，如馬致遠，馮子振，張養浩，鮮于樞，鮮于必仁，劉致，馬九皋，鄧玉賓，貫雲石，……等九人。在這些人中大都是帶着厭世的和恬退的思想，所以他們在散曲中所表現的，也都離不開宴會妓樂和山水的歌頌，以及無可奈何的刹那的享樂主義

第二期的散曲壇上較之第一期更爲熱鬧，尤其號爲清麗一派的作家更是層出不窮；如夏雲之驟起，如波浪之洶湧；如雨後春花怒放開到好境。在第一期散曲的作家，還祗是戲曲家的副業，像關漢卿馬致遠白樸諸人之所作也不過一時遺興抒懷而已。盧摯，馮子振，貫酸齋比較可算是散曲的專業者，但他們之所作也不過是草創時代的產物。迨到第二期張可久，喬吉出來，散曲始成了文

人的專業。張喬之外，其專工散曲者如吳西逸，秦竹村，呂止菴，宋方壺，李愛山，王愛山，曹明善，錢子雲，顧君澤，徐再思，董君瑞，高安道，劉庭信，吳仁卿，周文質，趙善慶，王仲元，任昱，王日華……諸人。至以雜劇兼作散曲者，以鄭德輝，曾瑞，睢景臣為最著。此外像編太平樂府陽春白雪的楊朝英，著中原音韻的周德清，作錄鬼簿的鍾嗣成，也都在很努力地試作散曲，形成一個很熱鬧的散曲的黃金時代。

但在這些作家中，我們也可以分為兩派：即清麗與豪放。屬清麗一派的人物，如張可久，喬吉，徐再思，吳仁卿，曹明善，周文質，趙善慶，王仲元，高克禮，錢霖，任昱，王曄，鄭德輝，曾瑞，睢景臣，周德清，等十六人。在這些作家中，除了曾瑞，睢景臣二人的作品時露着異樣的風趣與第一期的王和卿杜善夫相近外，其餘諸家，大多數的散曲是清新雋美的。至於這期的豪放派，卻不見得怎樣出色。除了楊朝英，鍾嗣成，劉庭信三人的作品，可勉強的歸入豪放派外，其餘的便再難尋到了。總之，在元代的散曲壇上，第一期是馬致遠們的豪放派佔着優勢，但關王諸人的清麗派亦略可與之旗鼓相當。第二期便是張可久所領導的清麗派的獨霸時代，豪放一派便懨懨無生氣了。

元代散曲的發展，是基於民族間的不平等；於是才智之士既不得志於有司，乃憤而作曲以寄其不平之鳴，這在上面我們已經講過了。到了明代雖然解除了民族間的不平等，但所謂『讀書種子』出身的大詩人們，仍不能得到這位『流氓皇帝』的青睞。譬如明初的文壇上幾位著名的諸大家，像王冕，倪瓚，戴良，楊維楨，……無不直接或間接死在流氓皇帝朱元璋的手裏；少年詩人高啓之死，乃是以文字賈禍，其被難尤爲慘酷（高啓是被腰斬的。）劉伯溫爲朱元璋逼迫出山，非其本願，迨打平天下之後，仍不免於一死。我們讀到這段詩史，其不愉快的心情，久久不能自已，實不下於元朝異族入中原後之虐視漢族的文人。朱元璋他簡直是一位流氓，他對於文字鑑賞的程度，恐怕比漢高祖劉邦尤爲卑下。所以他只能作像皇陵碑朱氏世德碑，（見七修類稾）那樣很直率的白話文字吧。因此在明初的文壇上，號爲正統文學的詩詞古文，都懨懨無生氣，到反是近於白話的曲，因爲適合於流氓皇帝口味之故，却異樣地流行起來了。徐渭南詞敍錄曾記朱元璋甚喜高明的琵琶記：

永嘉高經歷明……卒時有以琵琶記進呈者，高皇笑曰『五經四書，布帛菽粟也，

> 家家皆有。高明琵琶記如山珍海錯，富貴家不可無。……（明姚福青溪暇筆，黃溥言閒中今古錄均記此語）

又明劉辰國初事跡所記樂人張良才之事，亦可知明祖之喜嗜樂曲：

> 洪武時令樂人張良才說評話，良才因做場擅寫省委教坊司招子，貼於市門柱上，有近侍言之太祖曰『賤人小輩不宜寵用』，令小先鋒張煥縛投於水。（焦循劇說引）

李開先序張可久樂府曾說『洪武初年，親王之國，必以詞曲千七百本賜之。』這到是很可注意的幾句話。我們再證以明代帝王及宗室之多能解音律，（如明宣宗朱瞻基，宗室如寧獻王朱權，周憲王朱有燉尤爲傑出，）而寧獻王的太和正音譜，現在猶爲論曲者時時所稱引，至於周憲王的散曲集誠齋樂府在明初的散曲壇上佔着很高的地位。『上有好者下必有甚焉』，於是明代便成了散曲的第二黃金時代。元代的散曲，分爲兩個時期，至於明代散曲的演進可分爲三期：

第一期由洪武初至成化末（一三六八——一四八七）的百餘年的曲壇，這一期所包括的作家，大多數由元入明者，如：王子一，劉東生，王文昌，谷子敬，藍楚芳，陳克明，李唐賓，穆仲義，湯舜民，賈仲明，楊景言，蘇復，楊彥華，楊文奎，夏均政，唐以初，（即正音譜國初十六人）但本書只舉幾位較重的，如汪元亨，唐以初，湯舜民，劉東生，高明等五人及明宗室朱有燉，加以敍述而已。（明宣宗的小曲附於本書之末）

第二期由弘正至嘉靖時，即崑曲未流行之前（約一四八八——一五二一）在這期中本書用兩章敍述之：即章六崑曲未流行前的豪放派，此派作者有康海，王九思，李開先，常倫，王越，韓邦奇，韓邦靖，楊循吉，王守仁，馮惟敏等十人與章七，崑曲未流行前的清麗派，此派作者有王磐，王田，金鑾，楊廷和，楊愼夫婦，唐寅，祝允明，陳鐸，陳所聞，沈仕等十一人。

第三期自嘉靖至明末（約一五二二——一六四四）這期包括三派，即章八，崑曲起來後的白苧派，如梁辰魚，鄭若庸，張鳳翼，朱應辰，屠隆，馮夢龍，袁晉等七人；章九，嘉靖後的吳江派，如沈璟，王驥德，史槃，卜世臣，沈自晉等五人；及章十，梁沈以外曲家，如施紹莘，徐石麒等二人，並附明代的小曲作家如朱瞻基，劉效祖，趙南星等三人。

在明代第一期的散曲上，北曲是依舊保有元曲的餘勢蓬蓬勃勃的滋生着，並未顯出衰老的氣象。像太和正音譜（一）列舉的『國初一十六人』，有許多是生在元末而至明初尚生存的，這些人都是北曲的專家。此外賈仲明的續錄鬼簿（二）中所載這期的曲家尤多。但這些作家中除了很少數的幾個人外，現在都無從考查他們的來歷了。

說到南曲，在這時也由無人知的暗隅裏抬頭而出，漸漸的佔領了曲壇的重要的地位，雖然在陳所聞南宮詞紀（三）（卷六）所載的題作『元人』道情浪淘沙一首，但不甚可靠。南曲最早的一位作家，殆當爲琵琶記的作者高明而無疑了。王世貞在藝苑卮言（四）裏說：

（一）太和正音譜二卷，有嘯餘譜本，涵芬樓祕笈石印本。

（二）續錄鬼簿有天一閣鈔本。（鄞縣孫氏藏）

（三）南北九宮詞紀十二卷，有明刊本。

（四）藝苑卮言一卷，弇州四部稿本，廣百川學海本。（題名曲藻）

但大江以北漸染胡語，時時採入，而沈約四聲遂闕其一。東南之士未盡顧曲之周郎，逢掖之間，又稀辨撾之王應，稍稍復變新體，號爲南曲，高拭（拭係明之誤）遂掩前後。……

王應的來歷，無從考證，而且他所作的曲文，至今亦未傳下，但高明的南曲商調二郎神秋懷一套現在尚可以在南宮詞紀裏看到。此外像以寫作嬌紅記著名的劉東生，也寫着南曲。如他的套曲秋懷云：

簟展湘紋新涼透，
睡起紅綃皺，
無言獨依樓。
一帶寒江，
幾樹疏柳，
牽惹別離愁。

天迴蒼山瘦，……（雙調步步嬌）

此外詩家楊鐵崖也有南曲傳世。他們的作品雖不多，但南曲在當時取得北曲的長處，加以變革而復活的事實，却是很明白的。在這期稍後的南曲家要算是誠齋樂府的著者朱有燉了。他的樂府中亦有南曲，如有名的雙調柳搖金，凡四篇，設爲誡風情，風情答，及再誡，再答：

風情休話，
風流莫誇，
打鼓弄琵琶。
意薄似風中絮，
情空如眼內花，
都是些虛脾烟月，
擔擱了好生涯。
想湯瓶是紙，

如何煮茶！

在朱有燉的散曲誠齋樂府中，雖然十之八九多是過於端謹的東西，但這曲到不見得怎樣的陳腐。最後我再總一句說，在第一期中，我們應注意的兩方面：（一）北曲仍保有元代的餘勢，（二）南散曲却也在此時抬起頭來，雖然作家寥寥，但已開以後一百幾十年南曲隆盛的先聲了。

第二期從弘治到嘉靖間，這時崑曲尚未起來，散曲壇上仍然是北曲佔着優勢，但同時南曲亦漸漸抬起頭來，要與北曲分庭抗禮，大作家亦漸漸的出現於散曲壇上，不比第一期的寥若晨星了。如果我們將這期作家的作風來分，仍然可以分豪放與清麗的兩派。屬於前一派的如康海，王九思，李開先，常倫，馮惟敏，……等，他們可說是近接汪元亨而遠紹元代馬致遠的豪放一派。屬於後一派的，如王磐，金鑾，楊愼夫婦，唐寅，祝允明，陳鐸，陳所聞，沈仕……等，他們都是遠承張可久的清麗一派。這兩派的作者，各自人才濟濟，旗鼓相當，分霸了南北的曲壇。（任中敏散曲概論分康海，馮惟敏王磐，沈仕各自爲一派。茲合併之，康馮爲一派，王沈爲一派）

復次我們如果以南北曲來分這期的作家，則康（海）王（九思）李（開先）常（倫）王（磐）楊慎夫婦可代表北曲的作者。像陳（鐸）沈（仕）唐（寅）祝（允明），可代表南曲作家。但這不過是約略分之而已，實在說康，王，常的集中，亦何常沒有南曲的作品。而陳，唐，便是北曲作家中的健者，然而由此我們可以證明在這一期中南曲和北曲的確是並駕齊驅了。明衡曲麈談曾評論這期的作家，茲錄之當做這期的結論：

> 國初作者王子一輩十六人僅傳其名，詞未及見。後起如楊升菴頗有才情，所著有洞天玄記，陶情樂府，流膾人口，……楊夫人亦饒才學，最佳者如黃鶯兒『積雨釀輕寒』一曲，字字絕佳，楊別和三調，俱不能勝，固奇品也。北人如王渼陂，康對山翩翩佳致，其後推山東李伯華，伯華以傍妝臺百闋爲對山所賞，今其詞尚在，不足道。……大聲金陵將家子，所爲散套尚多借襲，而才情亦淺，然字句流利，可入絃索，如三弄梅花一闋，頗稱作家，固知好句不在多得。王舜耕西樓樂府（此當指王磐而言）較爲警健，題贈亦善，調謔而少風人之蘊藉，常樓居自有樂府，詞氣豪逸，亦未當行，……吳中以南

曲名者祝希哲唐伯虎，……京兆能爲大套富麗而多駁雜，解元小詞纖雅絕倫……吾鄉之沈青門峻志未就，托迹醉鄉，其辭治豔出俗，韻致諧和，入南聲之奧室矣。

第三時期卽是包括嘉靖時崑曲的起來以迄明亡而言。崑曲的起來，在南戲曲上起了一個絕可驚奇的變動，也可說在南戲上這個變動是一個極大的進步。但在散曲一方面講，崑腔的起來，不惟不能使南散曲發揚光大跟着南戲作並駕齊驅地猛進，反而因過度受音律的束縛而至於拘牽凝固。這時的北散曲雖然因崑腔的排擠『壽終正寢』，但南散曲亦『文雅蘊藉，細膩妥帖』柔靡得懨懨無生氣，同時元人蒼莽蕭爽亢直激越的遺風，到此已不復存在了。加以這時的沈璟一派，又好翻曲與集曲，『活文字則死之，新意境則腐之，』眞是『點金成鐵，』南散曲更隨之沉沒九淵了。

關於崑腔起來之後對於明代散曲的影響既已明白，我們可再回頭探討崑腔的起源。關於崑腔的誕生，據諸書所載，大抵皆以魏良輔爲首。良輔初習北曲，被北人王友山所絀，退而鏤心南曲，足跡不下樓者十年：當時南曲大抵平直而無意致，良輔加以改良；轉喉押調，度爲新聲，徐疾高下清濁之數，一從本宮取字齒唇之間，迭換巧掇，時時以深邈助其淒淚；吳中老曲師如袁髯尤駝輩，皆瞠乎自以爲莫及我們先看胡應麟筆談曾記載崑曲誕生的歷史道：

魏良輔（嘉隆間人——據陳其年贈歌者袁郎詩（一））別號尙泉，居太倉南關，能諧聲律，若張小泉、季敬坡、戴梅川之類，爭師事之。梁伯龍起而效之，考訂元劇，自翻新調，作江東白苧浣紗諸曲。又與鄭思笠精研音理，唐小虞、鄭梅泉五七輩雜轉之，金石鏗然，譜傳藩邸戚畹，金紫熠爚之家，取聲必宗伯龍氏，謂之崑腔；張進士新勿善也，乃取良輔校本，出青於藍，偕趙瞻雲、雷敷民，與其叔小泉翁，踏月郵亭，往來唱和，號爲南馬頭曲。其實稟律於梁，而自以其意稍爲韻節，崑腔之用，不能易也。（焦循劇說卷二引）

（一）嘉隆之間張野塘，名屬中原第一部。是時玉峯魏良輔，紅顏嬌好持門戶。一從張老來婁東，兩人相得說歌舞。（陳其年贈歌者袁郎詩句）

胡氏已把崑腔的小史說得很爲明白了。良輔既創製崑腔，當時善吹洞簫者有蘇州的張梅谷，工笛子者有崑山的謝林泉，都與良輔相善，以簫管伴奏其唱曲」（淸余懷寄暢園聞歌記）（一）名歌手而得著名樂工的陪襯，倍覺生色。益以後繼得人（如樂才兩全的梁辰魚），以及名家的鼓吹（如徐渭），於是崑腔更見優美充實盛旺一時了。總之，南曲自崑腔以後，始另換一面目，而進於正則的嚴格的規律之路，牠的影響於散曲者其功在此，其罪亦在此。

南曲自崑腔起來之後，一時便獨霸了曲壇，沈德符說『自吳人重南曲，皆祖崑山魏良輔而北詞遂廢。』（顧曲雜言）沈氏著顧曲雜言在萬曆之末，去良輔創崑腔之時不過三四十年，而崑腔的勢力已是如此之盛，北曲當然更無立足餘地了。蓋北曲在嘉隆間卽已不振，僅僅成爲一二怪僻的嗜好者所專有的東西。沈德符顧曲雜言（二）也這樣的說：

（一）見虞初新志卷四。

（二）顧曲雜言一卷，有學海類編本，有曲苑本。

嘉隆間（一五二二——一五七二）松江何元朗畜家僮習唱，一時優伶俱避舍，然所唱俱北詞，尙得金元遺風；余幼時獨見老樂工二三人，其歌童也俱善絃索，今絕響矣。何又教女鬟數人俱善北曲，爲南教坊頓仁所賞，頓隨武宗入京，數傳北方遺音，獨步東南，暮年流落無復知其技者。正如李龜年江南晚景。（頁三）

這都可以看出當時北曲衰落的情形來，周在浚的金陵古跡詩云『頓老琵琶奉武皇，流傳南內北音亡，如何近日人情異，悅耳吳音學太倉。』誠然，萬曆以後，太倉的崑曲已成爲曲壇的寵兒，這時的北曲，徒然成了一般文人學士感慨懷古的資料了。

崑腔的興起其影響於南曲和北曲的情形既已明白，我們再看在這期的散曲壇上的人物，首應注意的便爲梁辰魚的作品，崑腔雖然創始於魏良輔，但首先採用的，却是梁辰魚。梁氏在劇曲方面，採用崑腔的調子而作浣紗記，在散曲方面則爲江東白苧一集。良輔雖然創製了崑腔，但應用崑腔並發揚而光大牠的勢力的不能不推梁氏爲首功。梁氏的江東白苧集，至有推爲『曲中之聖』（張旭初吳騷合編）（一）的，可想見他在這期散曲壇上是如何的重要了。

在散曲方面與梁辰魚對峙的爲沈璟，他是一位過於重視音韻而忽略辭意的曲家。他很工音韻『每製曲必遵中原音韻太和正音欲與金元名家爭長。』南曲到了他，宮調音調一切都有準繩了。他的南曲譜及南曲韻選二書作曲家奉之爲圭臬，至有『詞家開山祖』（馮夢龍太霞新奏）的稱號，由此我們知道這期的散曲作家當推梁沈二氏爲主了。任中敏的散曲概論（卷二）亦說：

> 起嘉隆間以迄明末，將近百年，主持詞餘壇坫者，文章必推梁氏爲極軌，韻律必推沈氏爲極軌，此爲崑腔以後之兩大派。一時詞林，雖濟濟多士，要不出兩派之彀中也。

但是，梁沈雖然分霸了當時曲壇，亦有『文章獨不從梁而韻律獨不從沈者，』在劇曲則有湯顯祖的『五劇，』在散曲則有施紹莘的花影集。施的曲派，乃融元人之豪放與清麗而以『綿整』出之，足可與梁沈成鼎足之勢，爲晚明散曲壇最有光輝的作家。

（一）吳騷合編四卷，有明崇禎間刊本。

四

最後我更將明代散曲的支流，『小曲』的歷史再爲陳說一下。關於小曲的起源，現在雖然沒有詳明的記載，但據我們考查的結果，知道在明初已有了很好的小曲出現於當時的曲壇。如我們看明宣宗已有小曲寄生草二首，可知牠的誕生至晚當在宣宗之前，不是元末必是明初了。復次明代曲家中雖然專以小曲著名的不過寥寥數人，但大曲家如康海，馮惟敏，陳鐸，沈仕諸人小令中，每存有小曲的面目。至嘉靖以後如梁辰魚，王驥德，施紹莘，馮夢龍諸人所作小曲尤夥。牠在明代雖然不像散曲那樣的蓬蓬勃勃佔着極重要的地位，但也是不容忽視的一種新體。沈德符顧曲雜言曾記載小曲的歷史：

> 元人小令行於燕趙後，浸淫日盛。自宣正至化治後，中原又行鎖南枝傍妝臺之屬，李崆峒先生初自慶陽徙居汴梁，以爲可繼國風之後。何大復繼至亦酷愛之。今所傳泥揑人及鞋打卦，熬鬏髻三闋爲三牌名之冠，故不虛也。……嘉隆間乃興鬧五更，寄生草，羅江怨，哭皇天，乾荷葉，粉紅蓮，桐城歌，銀絞絲之屬，自兩淮以至江南，漸與詞曲相

遠，……比年以來，又有打棗竿，掛枝兒二曲，不問南北，不問老幼貧賤，人人習之，亦人人喜聽之，以至刊布成帙，舉世相傳，沁人心腑，其譜不知從何來，眞可駭歎。（頁九）

沈氏把小曲的歷史說得很爲明白，我已不必更多引了。至於小曲技術之佳妙，明人亦曾批評過。王驥德曲律（一）云：

北人尚餘天巧，今所傳打棗竿諸小曲，有妙入神品者，南人若學之決不能入。蓋北人之打棗竿與吳人之『山歌』，不必文士，皆百里之俠，或閨閫之秀，以無意得之。猶詩鄭衛諸風，修大雅者，反不能作也。

王氏不獨能將小曲的價値說出，且由此可知小曲亦是由北而南來的。沈德符和王驥德二氏皆云小曲可繼響國風，可謂自有卓識。至馮夢龍譜掛枝兒爲一江風，則是以小曲與宋詞元曲等視；小曲至此地位乃益崇高了。

（一）曲律有讀曲叢刊本，有重訂曲苑本。

第一章　散曲的開場及清麗派第一期

關漢卿——王鼎——王實甫——杜仁傑——商挺——楊果——姚燧——劉秉忠——胡祇遹——
元好問——白樸——盧摯

說到散曲歷史的開場，當以劇曲家關漢卿為第一人。漢卿（約一二三〇——一二八〇）號已齋叟，大都人。金末以解元貢於鄉，任太醫院尹，楊維楨元宮詞云：『開國遺音樂府傳，白翎飛上十三絃；大金優諫關卿在，伊尹扶湯進劇編。』據此可知他曾仕於金了。金亡不仕，為伶人編劇以為生，『離了利名場，鑽入安樂窩，』他就這樣終他的一生了。他好談鬼怪，著有鬼董。他是元代雜劇的多產作家，他的戲曲有目可稽者，有六十三種，即現存的也尚有十四種。他的散曲（一），大部分保存在

（一）任中敏編的元人散曲三種，內有關漢卿的輯本。

楊朝英的陽春白雪和太平樂府，中約存小令四十餘首。他的散曲的作風，頗異於他劇曲的作風。他的劇曲以雄奇排奡見長，極汪洋恣肆感慨蒼涼之致；但他的散曲卻以婉麗見長，然有時亦非常的豪辣灝爛。像一半兒的題情，沈醉東風的離情，大德歌的秋思，新水令的寫男女之情，都可以爲婉麗的代表。

碧紗窗外靜無人，
跪在牀前忙要親。
罵了個負心，
回轉身。
雖是我話兒嗔，
一半兒推辭，
一半兒肯。（一半兒題情）

又如：

手執着餞行盃，
眼閣着别離淚。
剛道得聲保重將息，
痛煞煞教人捨不得。（沈醉東風離情）

像這樣的曲，還不是最天眞的情歌嗎？柳永的『執手相看淚眼，竟無語凝咽』（雨霖鈴）不能專美於前了。漢卿的言情類的作品，無論小令散套，都是最雋美的晶瑩的珠玉，讀了是令人把翫不忍釋手的。又如『天付兩風流，翻成南北悠悠。落花流水人何處？相思一點，離愁幾許，撮上心頭。』（離情的靑杏子）也是如此婉麗可愛。我們再看他的大德歌：

風飄飄，
雨瀟瀟，
便做陳摶睡不着。
懊惱傷懷抱，

撲簌簌淚點拋。
秋蟬兒噪罷寒蛩兒叫，
淅零零細雨打芭蕉。

他這一類的抒情歌曲，都很清麗。又如：『子規啼，不如歸。道是春歸人未歸。』（大德歌）竟是漱玉詞中語。漢卿的散套新水令，描寫癡情男女的幽會，也極風流艷冶之至；已開沈青門唾窗絨的先路了。我們可欣賞此曲：

楚臺雲雨會巫峽，
赴昨宵約來的期話。
樓頭棲燕子，
庭院已聞雅。
料想他家，
收針指，

晚妝罷。（新水令）
款將花徑踏，
獨立在紗窗下。
顫欽欽把不定心頭怕。
不敢將小名兒呼咱，
只索等候他。（喬牌兒）
怕別人瞧見咱，
掩映在酴醾架。
等多時不見來，
只索獨立在花陰下。（雁兒落）
等候多時不見他，
這的是約下佳期話。

莫不是貪睡人兒忘了那？
伏塚在藍橋下。
意懊惱恰待將他罵，
聽得呀的門開，
驀見如花。（挂搭鈎）
髻挽烏雲，
蟬鬢堆雅。
粉膩酥胸，
臉襯紅霞。
嫋娜腰肢更喜恰，
堪講堪誇。
比月裏嫦娥，

媚媚孜孜，
那更撑達。（豆葉黄）
我這里覔他喚他，
哎！
女孩兒，
果然道色膽天來大。
懷兒裏摟抱着俏寃家，
搵香腮悄語低低話。（七弟兄）
兩情濃，
興轉佳。
地權爲牀榻，
月高燒銀蠟。

夜深沈，
人靜悄，
低低的問如花，
終是個女兒家。（梅花酒）
好風吹綻牡丹花，
半合兒揉損絳裙紗。
冷丁丁舌尖上送香茶，
都不到半霎，
森森一向遍身麻。（收江南）
整烏雲欲把金蓮屧，
紐回身再說些兒話。
你明夜個早些兒來，

我等聽着紗窗外芭蕉葉兒上打。（尾）

在上邊諸例，我們都是論漢卿『婉麗』一類的散曲。至他被稱爲『豪辣灝爛』的作品，則當以不伏老南呂一枝花套數爲最佳。其中黃鐘煞一調，有以二十許字作一句讀的，豈非散曲中的奇文。如：

我卻是蒸不爛煮不熟搥不扁炒不爆響噹噹一粒銅豌豆。

誰教您子弟們鑽入他鋤不斷砍不下解不開頓不脫慢慢騰騰千層錦套頭。

我玩的是梁園月，

飲的是東京酒。

賞的是洛陽花，

扳的是章臺柳。

我也會吟詩，

會篆籀，

會彈絲，
會品竹。
我也會唱鷓鴣，
舞垂手，
會打圍，
會蹴踘，
會圍棋，
會雙陸。
你便是落了我牙，
歪了我口，
瘸了我腿，
折了我手，

天與我這樣般兒歹症候，
倘兀自不肯休。
只除是閻王親令喚，
神鬼自來勾，
三魂歸地府，
七魄喪幽冥，
那其間纔不向這烟花兒路上走。

此曲寫來是何等的痛快淋漓，可謂極盡情致了。明人曲家有此種氣力者，當以施子野花影集中之春遊述懷叨叨令一曲最為當行。（參看第十章）

王鼎字和卿，大都人，與關漢卿相識。他滑稽佻達，是一位慣愛開玩笑的諷刺作家。他雖與漢卿善，但常以譏謔加之，漢卿雖極意還答，終不能勝。後王忽坐逝，而鼻垂雙涕尺餘，人皆歎駭；漢卿來弔唁，詢其由，或曰『此釋家所謂坐化也。』復問『鼻懸何物？』又對曰『此玉筯也，』漢卿曰『不是玉筋是嗓。」戲發一笑。或戲漢卿云『你被王和卿輕侮半世，死後方得還他一籌。』凡六畜勞傷，則鼻中常流膿水，謂之嗓；又愛訐人之過者，亦謂之嗓，故云爾。（錄鬼簿參輟耕錄鬼董跋堯山堂外紀）

他的散曲傳下來的雖然不多，但他在當時的諸曲家中很明顯的表現出其不同的色彩來。如：

我嘴搵着他的鬏髻，
他背靠着我胸皮，
早難道香腮左右偎。
只索項窩裏長吁氣，
一夜何曾見他面皮，
只是看一宿牙梳背。（醉扶歸）

這種描寫法眞是極滑稽佻達之至了。他的散曲的題目都是些『大魚』『綠毛龜』『長毛小狗』『王大姐浴房內吃打』『胖夫妻』（皆撥不斷）『詠禿』（天淨紗）之類。他的叨叨令咏瘡云『冷來時冷的在冰凌上臥，熱來時熱的在蒸籠裏坐。』此種嘲弄之詞，已開明陳全的先路。（陳全有叨叨令瘧疾）盧冀野詩所謂『從此俳優風氣盛，時寒時暖到陳郎。』至若：

別來寬褪縷金衣，
粉悴烟憔減玉肌，
淚點兒只除衫袖知，
盼佳期，
一半兒纔乾一半溼。（一半兒離情）

這也還是以嬉笑的態度出之的。但像：

柳梢淡淡鵝黃染，
波面澄澄鴨綠添，
及時膏雨細廉纖。
門半掩，
春歸殢人甜。（陽春曲春思）

春風料峭透香閨，
柳眼開還閉。
南陌蘘針不全翠，
恨芳菲，
上林花瘦鶯聲未？
雲兜香冷，
烏衣何處？
寒勒海棠遲。（小桃紅春寒）

這些卻比較是態度莊重多了。和卿以詠蝴蝶出名，相傳中統初燕市有一大蝴蝶其大異常和卿賦醉中天小令云：

彈破莊周夢，
兩翅駕東風，

三百座名園一採一個空。
誰道風流種，
諕殺尋芳的蜜蜂。
輕輕飛動，
把賣花人搧過橋東。

王伯良謂『詠物要開口便見是何物，以後如燈鏡傳影，令人彷彿了目中，卻捉摸不得，方是妙手。』此曲只起一句便知是大蝴蝶。下文勢如破竹，卻無一句不是俊語。尤妙者是在結語『把賣花人搧過橋東』極飄渺之致。宋謝無逸蝴蝶詩云：『江天春暖晚風細，相逐賣花人過橋。』和卿詞雖佳，或襲謝詩意耶。

『俳優體』的創製者王和卿，或疑他就是西廂記雜劇的作者王實甫。（明胡元瑞筆叢）這實在是一種很錯誤而且粗莽的判斷。我們看和卿的曲是那麼樣的滑稽梯突，其散曲的取材又是那麽樣的『下流』像『大魚』『長毛小狗』……一類的題目，決不類寫風流而旖旎文字的西廂記的著者王實甫。

王實甫（約一二〇〇——？）名德信，大都人。所著西廂記爲北曲第一。他的作風綿密婉麗，涵虛子正音評他如『花間美人』，這雖然是空泛的讚語，但其俊美可知了。他大概和關漢卿一樣也是由金入元的。我們看他的四丞相高會麗春堂一劇譜金章宗時事，而最後一詞云『早先聲把烟塵掃蕩，從今後四方八荒，萬邦仰賀當今皇上。』以頌禱金章宗作結，可知實甫在金朝已作雜劇了。他的雜劇凡十四種，存於今者祇麗春堂及西廂記二種。他的散曲雖不多，但都是一粒粒晶瑩的珠玉。例如：

怕黄昏不覺又黄昏，
不消魂怎地不消魂。
新啼痕壓舊啼痕，

斷腸人憶斷腸人。
今春香肌瘦幾分，
摟帶寬三分。（堯民歌別情）
那末樣的旖旎，那末樣的清麗，這還不是西廂記的『聽得道一聲去也，鬆了金釧，遙望見十里長亭，減了玉肌，此恨誰知。』（長亭送別滚繡球）同調嗎！又如：
雲鬆螺髻，
香温鴛被，
掩春閨一覺傷春睡。
柳花飛，
小瓊姬，
一片聲雪下呈祥瑞，
把團圓夢兒生喚起。

誰，
不做美？
呸！
却是你！（山坡羊春睡。）

這也是西廂記的同調。決不是作『一個胖雙郎，就了個胖蘇娘，兩口兒都是熊模樣，成就了風流喘豫章。繡幃中一對鴛鴦象，交肚皮撕擅。』（撥不斷胖夫妻）一類嘲弄體的慣好開玩笑的王和卿所可『同日而語』了。

杜仁傑（一）字仲梁，號止軒，又號善夫，濟南長淸人。元世祖聞其賢，召爲翰林承旨。不仕，隱靈巖五峯間。武宗時以子杜之素貴（任福建閩海道廉訪使）贈官，謚文穆。他是一位散曲家，也是一位

（一）杜仁傑見元詩紀事卷三，長清縣志卷十一人物志。

詩人。元好問嘗評之道：

麻信之杜仲梁張仲經，正大中同隱內鄉山中，以作詩爲業。予嘗稱許之，仲梁詩如偏將軍將突騎，利在速戰，屈於遲久。故不大勝則大敗……（元遺山集）

觀此可知善夫是怎樣一位詩人了。他的性情很古怪，元好問的癸巳歲寄中書耶律正書舉薦他和王賁商挺楊果麻革等數十人，都是『南中大夫士歸河朔者，』他表謝不赴。中二聯云：

俾獻言於乞言之際，敢盡其忠；若求仕於致仕之年，恐無此理。不能爲白居易漫法香山居士之名。惟願學陸龜蒙，拜賜江湖散人之號。

山房隨筆載有當時掌兵官遠戍於外，其妻宴客，笙歌終夕。善夫以詩譏之云：

高燒銀燭照雲鬟，
沸耳笙歌徹夜闌；
不念征西人萬里，
玉關霜重鐵衣寒。

讀此詩可看出善夫『老辣』的作風。他的散曲傳於今者不多。莊家不識构闌一套，寫莊家第一次看戲的情形，極爲有趣，乃是描寫元代劇場的最重要的一個參考資料。

……

見一個人手撑着椽做的門，
高聲的叫『請，請！』
道：『遲來滿了，無處停坐。』
說道：『前截兒院本調風月，背後么末敷演劉耍和。』
高聲叫：『趕散易得，難得的粧哈。』（耍孩兒六煞）

又如：

要了二百錢，
放過咱入的門。
上箇木坡，

見層層疊疊團團坐。
抬頭覷見箇鐘樓模樣，
往下覷卻是人旋窩。
見幾箇婦女面臺兒上坐，
又不是迎神賽社，
不住的擂鼓篩鑼。

以下描寫劇場上的人物『一箇女孩轉了幾遭，不多時引出一火。』『中間里一箇央人貨。裹着枚皂頭巾，頂門上插一管筆，滿臉石灰，更着些黑道兒抹。』『唇天口地無高下，巧言話語記許多。』『一箇粧做張太公，他改做小二哥。行行行說自城中過。』這位莊家人看了半天，『則被一胞尿，爆的我沒奈何。』這是何等的滑稽俳達的句子。所以若就這一曲來論，則善夫頗似王和卿。涵虛子評善夫詞如『鳳池春色，』毋乃『隔靴搔癢』罷。

二商的生卒時代大概差不多。商政叔名道，官學士，有天淨沙詠梅四首見陽春白雪中。也是元好問的熟人。

商挺(一)（一二〇九——一二八八）字孟卿，一字左山，曹州濟陰人，與趙天錫，元好問，楊奐遊。他的潘妃曲十九首寫閨情極得神情。如：

> 戴月披星耽驚怕，
> 久立紗窗下，
> 等候他。
> 驀聽得門外地皮踏，
> 只道是冤家，

(一) 商挺見元史卷一百五十九。

原來風動荼蘼架。

又如：

目斷妝樓夕陽外，
鬼病懨懨害，
恨不該，
止不住淚滿旱蓮腮。
爲你個不良才，
莫不少下你相思債。

這眞是『小小寃家，道是思他又恨他，』一到見面之後，就又『煞是你個寃家，……多情可意種，緊把纖腰貼酥胸，正是兩情濃。笑吟吟舌吐丁香送』了。第十九首尤極豔膩的情趣：

只恐怕窗間人瞧見，
短命休寒賤。

直恁的肐膝軟，
禁不過敲才斷熬煎。
你且覷門前，
等的無人啊旋。

樂府新聲，短命作死勢兒，肐膝作膝蓋，禁作吃，敲才作牢成。末二句作望門前，覷得沒人時旋。那便不如有『阿』字的傳神了。

楊果(一)（一一九七——一二七一）字正卿，號西庵，祁州蒲陰人。幼失怙恃，宋亡流寓河朔，以章句授徒爲業。金正大甲申登進士第，官滿城，陝縣。元初起爲幕官，世祖中統二年官參政，至元六年出爲懷孟路總管，卒於家。年七十五，謚文獻。西庵性聰敏，美風姿，工文章，尤長於樂府。他少時避亂

(一) 楊果見元史卷一百六十四，元詩紀事卷三。

河南，曾娶覊旅中女後雖顯要，竟與偕老，不易其心，人以是稱之。有西庵集。他的樂府以小令爲多，散見於楊氏二選及雍熙樂府北詞廣韻。作風婉豔淒美，如：

採蓮人和採蓮歌，
柳外蘭舟過，
不管鴛鴦夢驚破。
夜如何，
有人獨上江樓臥。
傷心莫唱，
南朝舊曲，
司馬淚痕多。（小桃紅）

西庵一生兩丁亡國之痛，所以他的詞是滿裝着亡國的感傷。他又有套數賞花時，文詞極淸疏之致：

秋水粼粼古岸蒼，
蕭索疏籬偎短岡。
山色日微茫。
黃花嫩也，
粧點馬蹄香。（賞花時）

西庵亦能詩，嘗以詩受知於李蹊行，他的題趙輔之樊川圖句『一賦阿房萬古傳，而今還有趙樊川。』姚牧庵推爲絕唱。（元詩紀事）

姚燧（一）（一二三九——一三一四）字端甫，號牧庵，他是以古文名世的。他的牧庵集五十卷，都是正統派的古文行家至他的散曲流傳下來的亦不少，散見於楊氏二選中。他雖是一位面孔

（一）姚燧見元史卷一百七十四，元詩紀事卷四。

嚴肅的古文家，但他的散曲大都婉麗可誦，處處充分表現着浪漫的詩人面孔，決不是作『文以載道』古文時的姚牧庵了。寫景的如：

菱荷香，
露華涼，
若耶溪上蓮舟放。
岸上誰家白面郎，
舟中越女紅裙，
唱還嬌羞模樣。（撥不斷）

題情的，如：

欲寄君衣君不還，
不寄君衣君又寒。
寄與不寄間，

妾身千萬難。（凭欄人）

吳瞿安謂此曲熨貼溫存，纏綿盡致，深得詞人三昧。誠然，至若『寄與多情王子喬，今夜佳期休誤了，等夫人睡熟了，悄聲兒窗外敲。』（凭欄人）簡直是西廂豔曲了。詠懷的，如：

十年燕月歌聲，
幾點吳霜鬢影，
西風吹起鱸魚興，
晚節桑榆暮景。（中呂醉高歌）
十年書劍長吁，
一曲琵琶暗許。
月明江上別湓浦，
愁聽蘭舟夜雨。（中呂醉高歌）

周挺齋甚喜此曲。實在比較他的『功名事了，不待老僧招，』（滿庭芳）一類淺露直率之詞，要婉曲多了。至於他爲建寧眞氏妓（眞西山後）落籍以嫁黃棣，義聲震動都下。貝闕有詩紀其事，見陶南村輟耕錄。

與牧庵同時兩位官僚劉秉忠胡祗遹均能曲。劉秉忠（一）（一二一七——一二七五）字仲晦，邢台人。初名侃，因從釋氏又名子聰，拜官後始更今名。秉忠生而風骨秀異，志氣英爽不羈。十七歲時爲邢台節度使府令史，以養其親。居常鬱鬱不樂，一日投筆歎曰『吾家累世衣冠，乃汨沒爲刀筆吏乎。丈夫不遇於時，當隱居以求志耳。』卽棄去，隱武安山中。後又從天寧虛照禪師學釋事爲僧。佚遊雲中留居南堂寺；因海雲禪師之介遇世祖，洊升台閣。卒年五十九。秉忠卒，世祖驚悼，謂羣臣曰『秉忠事朕三十餘年，小心愼密，不避艱險，言無隱情，其陰陽術數之精，占事知來，若合符契，惟朕知之，他人莫得聞也。』秉忠晚號藏春散人，有藏春樂府；作風蕭散閑淡，類其爲人。如：

梧桐一葉初凋。

（一）劉秉忠見元史卷一百五十七。

菊綻東籬，
佳節登高。
金風颯颯，
寒雁呀呀，
促織叨叨。
滿目黃花衰草，
一川紅葉飄飄。
秋景蕭蕭，
賞菊陶潛散誕逍遙。（蟾宮曲）

秉忠曲以乾荷葉八首傳世。如：

乾荷葉，
色蒼蒼，

老柄風搖蕩。
滅了清香，
越添黃，
都因昨夜一場霜，
寂寞在秋江上。

詞品云『此借題別詠，後世詞例也。然其曲悽惻感慨，千古寡和也。』但有人說『此曲非秉忠作，秉忠助元凶宋，惟恐不早，而復爲弔惜之辭，殆俗所謂斧子砍了手摩挲之類也。』此殆以『漢奸』目秉忠了。今人盧冀野力爲秉忠明寃，他的論曲絕句云『我意獨憐劉太保，藏春兩字見平生。』（曲雅）藏春是秉忠的集名。

胡祗遹（一）（一二二七——一二九三）字紹聞，一字紫山，磁州武安人。少孤貧，既長讀書，受知於名流。至元元年授應奉翰林文字。尋兼太常博士。十九年爲濟寧路總管，後升山東東西道按察使。所至抑豪右扶寡弱，以敦教化，以厲士風。後官宣慰使，至元三十年以疾卒。謚文靖。他所作散曲頗饒逸趣。如陽春曲：

幾枝紅雪牆頭杏，
數點青山屋上屏，
一春能得幾清明。
三月景，
宜醉不宜醒。（陽春曲春景）

閑花醞釀蜂兒蜜，
細雨調和燕子泥，
綠窗蝶夢覺來遲。

（一）胡祗遹見元史卷一百七十，元詩紀事卷三。

誰喚起，
簾外曉鶯啼。（陽春曲春景）
一簾紅雨桃花謝，
十里清陰柳影斜，
洛陽花酒一時別。
春去也，
閑煞舊蜂蝶。（陽春曲春景）

至如：

漁得漁心滿願作，
樵得樵眼笑眉舒。
一箇罷了釣竿，
一箇收了斤斧，

林泉下偶然相遇，
是兩箇不識字漁樵士大夫，
他兩箇笑伽的談論今古。

這箇直是馬致遠的『樵父覺來山月低，釣叟來尋覓。你把柴斧抛，我把漁船棄，尋取個穩便處閑坐地』（淸江引）翻版了。

在敍述杜善夫楊果商挺之後，未講白樸之前，有一位重要之詩人元好問，是我們應該知道的。好問（一）（一一九〇——一二五七）字裕之，號遺山太原秀容人。七歲能詩，金興定五年進士。嘗作箕山琴臺二詩。趙秉文見而奇之，謂少陵以後無此作。因而名震京師，號爲元才子。官至尙書省左司員外郎，金亡不仕，以著作自任，構野史亭於家，有遺山集，中州集諸書。他以文章獨步天下者三十

（一）元好問見金史卷一百二十六，元詩紀事卷三十。

年，爲金詩人之殿，元文章之祖。他所編的中州集可作爲金源一代詩人之總集，爲現代研究金代文學唯一的參考書。他是一位詩人，長詩慷慨悲歌，情致深摯；而短詩尤饒風韻。如：

瘦竹藤斜挂，
幽花草亂生。
林高風有態，
苔滑水無聲。（山居雜詩）

這不是王維的輞川集詩嗎？他的散曲現存的很少。太平樂府載有陽春曲四首。如：

梅梢殘雪芳心柰；
柳倚東風望眼開；
溫柔樽俎小樓臺。
紅袖繞，
低唱喜春來。（陽春曲春宴）

攜將玉友尋花寨，
看褪梅粧等杏腮，
休隨劉阮到天台。
仙洞窄，
且唱喜春來。（陽春曲春宴）

他的驟雨打新荷兩首，卻是很有名的。如：

綠葉陰濃，
遍池塘水閣，
偏趁涼多。
海榴初綻，
妖豔噴香羅。
老燕攜雛弄語，

有高柳鳴蟬相和。
驟雨過，
珍珠亂糝，
打遍新荷。

又如：

人生有幾，
念良辰美景，
一夢初過。
窮通前定，
何用苦張羅。
命友邀賓翫賞，
對芳樽淺酌低歌。

且酩酊，
任它兩輪日月，
來往如梭。

這簡直是一粒粒晶瑩的珠璣了。即此二曲我們可以知道遺山曲的造詣，也不在關白之下。房祺編河汾諸老集所載金遺老麻革，張宇，陳賡，陳庾，房皞，段成己，段克己，曹之謙八人都從遺山遊的，而元初的散曲家更與遺山有關係，下面所敍偉大的曲家白樸與遺山尤爲密切。

白樸（一二二六——一二八五）字仁甫，一字太素，號蘭谷先生，眞定人。父華字文舉，號寓齋，金樞密院判，與詩人元好問爲通家。仁甫七歲正遭壬辰之難，因寓遠適。明年春，京城變，遺山遂攜以北渡。自是不茹葷血。人問其故，曰『俟見吾親，則如初。』嘗罹疾，遺山晝夜抱持，凡六日竟於臂上得汗而愈。視之如同子姪。數年華北歸，以詩謝遺山云『顧我眞成喪家狗，賴君曾護落巢兒。』後父子卜居於滹陽，以律賦爲專門之學。而仁甫有文學，遺山嘗贈以詩云『元白通家舊，諸郎獨汝賢。』他因自幼經喪亂，倉皇失母，恆有滿目山川之歎。金亡後更鬱鬱不樂，中統初，開府史公將以所業薦之於朝，婉辭不就。至元一統後，徙家金陵，從諸遺老放情山水間，日以詩酒優遊。後以子貴，贈嘉議大夫，掌禮儀院大卿。著有天籟集二卷。

他所作雜劇十七種，存於今者，有梧桐雨及牆頭馬上二種，他的散曲約存小令三十餘首，套數二首，頗俊逸有神；而小令尤爲清雋。當我們讀他的劇曲時，每爲他華美婉妍的辭句所感動，但一讀到他的散曲，則知其中更包含着豪放，俊爽，秀美諸點，其成就卻高出其劇曲之上。如勸飲酒（寄生草，）漁父辭（沉醉東風，）是他豪放的例。吹，彈，歌，舞（駐馬聽）是他俊爽的例。春，夏，秋，冬（天淨紗）則是他秀美的例。如：

長醉後方何礙，
不醒時有甚思？
糟醃兩個功名字，
醅渰千古興亡事，

麴埋萬丈虹霓志。
不達時皆笑屈原非，
但知音盡說陶潛是。（勸飲寄生草）

又如：

黃蘆岸白蘋渡口，
綠楊堤紅蓼灘頭。
雖無刎頸交，
卻有忘機友。
點秋江白鷺沙鷗，
傲殺人間萬戶侯，
不識字煙波釣叟。（漁父辭沉醉東風）

這都是他的豪放的作品。至像：

裂石穿雲，
玉管宜橫清更潔。
霜天沙漠，
鷓鴣風裏欲偏斜。
鳳凰臺上暮雲遮，
梅花驚作黃昏雪。
人靜也，
一聲吹落江樓月。（吹駐馬聽）

便是俊爽的例子。至於秀美的，則以『紅日晚，殘霞在，秋水共長天一色。寒雁兒呀呀的天外……』（德勝令）和下面的一首：

孤村落日殘霞，
輕煙老樹寒雅，

一點飛鴻影下。

青山綠水，

白草紅葉黃花。（秋天淨紗）

仁甫寫情的手段也很高像『可憐不慣害相思，只被你箇字兒，拖逗我許多時。』（德勝令題情）何等眞摯！讀牆頭馬上者，當知余言之不謬了。

盧摯（一）（一二三五——一三〇〇）字處道，號疎齋，涿郡人。至元五年進士，大德初授集賢學士，持憲湖南，遷江東道廉訪使，後復入爲翰林學士，遷承旨。他在元初是位很重要的作家，他和馮子振貫雲石，都是這期很著名的作曲者。他的散曲約存小令四十九首，見楊氏二選中。作風蘊藉騷雅，終無逞才使氣和俚俗輕褻的作品。如：

（一）盧摯見元詩紀事卷四。

纔歡悅早間別，
痛煞俺好難割捨。
畫船兒載將春去也，
空留下半江明月。（落梅風送別珠簾秀）

酒杯濃，
一葫蘆春色醉疏翁，
一葫蘆酒壓花梢重，
隨我奚童葫蘆乾興不窮。
誰人共一帶青山送，
乘風列子，
列子乘風。（殿前歡）

前曲——官妓珠簾秀爲盧道所悅，珠將行，盧道作詞送別『畫船兒載將春去也，空留下半江明月。』何風致婉妙乃爾！次首殿前歡處道自寫胸臆，想見其曠放豪邁的氣概。今人盧冀野論曲絕句，『半江明月珠簾捲，一帶青山列子風。』卽指此二曲而言。處道散曲有令無套，除楊氏二選之四十九首外，廣正譜更別見梧葉兒小桃紅各一首，梧葉兒云：

低攀話，
嬌唱歌，
韻遠更情多。
筵席上，
疑怪他。
怎生啊！
眼槎裏頻頻覷我。

這曲的傳神處全在『怎生啊』三字。疏翁生平出而持憲，入而承旨，應爲一方正不阿的大臣；但此曲嘲弄風情，機趣橫生，活潑潑地，赤裸裸地，顯露了他天眞的詞人的面孔在我們之前，而忘其爲扳着面孔的翰林公了。他的蟾宮曲四段寫混沌未鑿的莊家人物，頗爲入趣。如：

沙三伴哥採茶，
兩腿青泥，
只爲撈蝦。
太公莊上，
楊柳陰中，
磕破西瓜。
小二哥昔涎剌塔，
綠軸上掩着個琵琶。
看蕎麥開花，
綠豆生芽。
無是無非，

快活煞莊家。

疏齋又有蟾宮曲『想人生七十猶稀，百歲光陰先扣了三十。七十年間——十歲頑童，十載尫羸。五十歲除分晝黑，剛分得一半兒白日。風雨相催，兔走烏飛。仔細沉吟，都不如快活了便宜。』此一篇賬世人肯早早算清楚的甚少，而疏齋乃結以『快活便宜』四字，直是大膽的高喊着刹那的快活主義。

第二章　豪放派的第一期

馬致遠——馮子振——白無咎——張養浩——鮮于樞——鮮于必仁——劉致——馬九皋——鄧玉賓——貫雲石

馬致遠是第一期最有光輝的作家。他的作品不但爲同時的及明清以來許多的作家所追慕，且有意無意的在摹寫着他的作風；而他自己又是那末樣一位不平凡的抒情詩人。在關漢卿，在王實甫，在姚燧，盧摯……他們許多人的作品內，很不易見出『自己』來，即有亦很少整個表現出他們『個性』來。而馬致遠則不然；他無論在雜劇裏，在散曲裏，都有很濃厚的『自己』的色彩。尤其他的散曲，是那樣的奔放，又是那樣的飄逸；是那樣的老辣，又是那樣的淸雋。在雜劇裏他雖與關漢卿王實甫白樸稱四大家，但在散曲裏他實足以領袖羣倫而爲元人第一。關王白固然不能和他抗衡，即明清以降的許多的散曲家，那一個配得上和他抗衡呢！所以他不僅是元散曲第一，也是散曲史上坐『第一把交椅』的。

馬致遠號東籬，大都人，他的事蹟雖不可考，他的年代雖不能確定，但王國維的宋元戲曲史既將他列於『第一期』的作者中，可知他是十三世紀前期的人了。他也曾上過政治舞台，任江浙行省務官，但不久跳出了宦海，退隱林下，和『手把芙蓉』的仙人，和『弄花醉月』的詩人作伴去了。他所作的雜劇有十七種，（漢宮秋，薦福碑，岳陽樓，黃粱夢，青衫淚，陳摶高臥，任風子，踏雪尋梅，桃源洞，酒德頌，齋後鐘，歲寒亭，戚夫人，金山寺，馬丹陽，孟浩然，牧羊記。）散曲則有小令一百零四首，套數十七套，及不完全的套數五套，輯爲東籬樂府一卷。他的作風豪放之中而兼清逸，頗近詞中的蘇軾。

他的小令最有名的是天淨紗，周德清謂爲秋思之祖：

枯藤老樹昏雅。
小橋流水人家。
古道西風瘦馬。

夕陽西下，
斷腸人在天涯。（天淨紗秋思）

這是一首很著名的曲子，所以歷代評他的很多。曲藻指通首是景中的雅語。顧曲塵談謂明人最喜摹此曲，而終無如此自然。王國維謂『寥寥數語，深得唐人絕句妙境。有元一代詞家，皆不能辦此也。』（人間詞話）王氏又在宋元戲曲史中並推爲元曲小令之表率。這可見此曲之評價的一斑了。今人任中敏獨以此曲凝重猶近詩餘。他說『此詞前三句以九事設境，全屬靜詞，末二句亦是含蓄幽渺之趣，詞境多而曲境少。』（作詞十法疏證）此語頗有見地。蓋曲以『清疏奇宕』爲宗，『凝重靜雅』乃詞境而非曲境。所以我們與其賞東籬的『靜雅』的天淨紗，還不如看他的閑適一類的作品。如：

西村日長人事少，
一個新蟬噪。
恰待葵花開，

又早蜂兒鬧。
青枕上夢隨蝶去了。（清江引野興）
菊花開，
正歸來。
伴虎溪僧鶴林友龍山客，
似杜工部陶淵明李太白，
有洞庭柑東陽酒西湖蟹。
哎，
楚三閭休怪。（撥不斷）
絮飛飄白雪，
鮓香荷葉風。
且向江頭作釣翁，

男兒未濟中。
風波夢，
一場幻化中。（金字經）

像這些曲子，屬辭比事，或含或吐，皆臻曲境上乘。『枯藤老樹寫秋思，不許旁人贊一辭。』何以世人多賞東籬猶近詩餘之天淨紗，而遺此等『淸疎奇宕』的作品耶。東籬的曲，閑適的很多，而寫景又是那末瀟灑有致。在這裏我不妨多舉幾首。如：

花村外，
草店西，
晚霞明雨收天霽。
四圍山一竿殘照裏，
錦屏風又添鋪翠。（壽陽曲山市晴嵐）
夕陽下，

洒旆閑，
兩三航未曾著岸。
落花水香茅舍晚，
斷橋頭賣魚人散。（壽陽曲遠浦帆歸）
漁燈暗，
客夢回，
一聲聲滴人心碎。
孤舟五更家萬里，
是離人幾行情淚。（壽陽曲瀟湘夜雨）
寒烟細，
古寺清，
近黃昏禮佛人靜。

順西風晚鐘三四聲，
怎生教老僧禪定。（壽陽曲烟寺晚鐘）
蘆花謝，
客乍別，
泛蟾光小舟一葉。
豫章城故人來也，
結束了洞庭秋月。（壽陽曲洞庭秋月）

像這樣富有畫意的句子，實在是清冷冷的，讀了令人心脾俱澈。壽陽曲共八首，除上五首之外，尚有『平沙落雁』『漁村夕照』『江天暮雪』三首，便不錄。我在上文說過，東籬的曲子很可以表現出他自己來，下面的幾首，就可以看出東籬生平處境和他的志趣來。如：

歎寒儒，
慢讀書，

讀書須索題橋柱。
題柱雖乘駟馬車，
乘車誰買長門賦，
且看了長安回去。（撥不斷）
酒杯深，
故人心，
相逢且莫推辭飲，
君若歌時我漫斟。
屈原清死由他恁，
醉和醒爭甚?（撥不斷）
夜來西風裏，
九天鵰鶚飛，

困煞中原一布衣。
悲，
故人知未知？
登樓意，
恨無上天梯。（金字經感憤）

又如：

本是箇懶散人，
又無甚經濟才，
歸去來。（四塊玉）

像這樣的曲子，在他的集中是很多的。這雖然是東籬的『感士不遇，』然而放曠灑落善自排遣，是『騷人』復是『達人。』這決不是張雲莊馬昂夫一類貌爲豪放自誇恬退之所可比擬。東籬寫情之作也不錯，但態度是莊重的，描寫卻是深刻的，這也決不同明人沈靑門一派的『專爲人家兒女寫相思」者。例如：

雲籠月，
風弄鐵，
兩般兒助人淒切。
剔銀燈欲將心事寫，
長吁氣一聲吹滅。（落梅風）
從別後，
音信絕，
薄情種害殺人也。
逢一個見一個因話說，
不信你耳輪兒不熱。（落梅風）

以上都是東籬的小令他的套數共十七套，載太平樂府，樂府新聲，北詞廣正譜中，尤以雙調夜行船秋思一套爲元人之冠。明茅榛段炳嘗和之，清許寶善和至七套之多，但終不免「續貂」之誚。錄其全套：

百歲光陰如夢蝶，
重回首往事堪嗟。
昨日春來，
今朝花謝，
急罰盞夜筵燈滅。

此先述全套的主旨末句卽「行樂當及時」之意。「急罰盞」促飲也。謂「燈將要滅，筵將散」了。下文：

秦宮漢闕，
做衰草牛羊野，
不恁漁樵無話說。

縱荒墳橫斷碑，
不辨龍蛇。（喬木查）
投至狐蹤與兔穴，
多少豪傑！
鼎足三分半腰折，
魏耶？
晉耶？（慶宣和）

喬木查一首說帝王，慶宣和說輔佐帝王的豪傑。此二首說貴，下一首說富：

天教富，
不待奢，
無多時好天良夜。
看錢奴硬將心似鐵，

空辜負錦堂風月。（落梅風）
眼前紅日又西斜，
疾似下坡車。
曉來清鏡添白雪，
上牀和鞋履相別。
莫笑鳩巢計拙，
葫蘆提一就裝呆。（風入松）

從落梅風以上皆歎世，此首起說到自己，風入松一首先說自己處世的態度。下一首說自己的行藏，放逸宏麗而不離本色，尤稱妙文：

利名竭，
是非絕，
紅塵不向門外惹。

綠樹偏宜屋角遮，
青山正補牆頭缺，
竹籬茅舍。（撥不斷）
蛩吟一覺纔寧帖，
鷄鳴萬事無休歇，
爭名利何年是徹。
密匝匝蟻排兵，
亂紛紛蜂釀蜜，
鬧穰穰蠅爭血。
裴公綠野堂，
陶令白蓮社，
愛秋來那些：

和露摘黃花，
帶霜烹紫蟹，
煮酒燒紅葉。
人生有限杯，
幾箇登高節。
囑咐俺頑童記者，
便北海探吾來，
道：『東籬醉了也。』（離亭宴煞）

此首前半又重歎世人，後半又重說自己，因以作結。此詞的好處能於豪放，淸逸，蕭爽之中，寓一種淵深樸茂之風；而作者『閒雲野鶴』般的特性，也很生動表現出來，尤爲東籬作品最有價値的文字。『百歲光陰成絕調』（盧冀野論曲絕句）遂讓馬東籬獨步千古。

馬致遠同派的作家以馮子振年代爲最早。馮子振（一）（一二五七——一三一五）字海粟，自號怪怪道人，攸州人。曾官承事郎，和集賢待制。他的散曲現只存小令四十餘首，作風豪放而蕭爽。元史稱海粟文思敏捷，「酒酣耳熱，命侍史二三人潤筆以俟，子振據案疾書，隨紙多寡，頃刻輒盡。」他有鸚鵡曲故園歸計和白无咎韻最有名：

重來京國多時住，
恰做了白髮傖父。
十年枕上家山，
負我湘烟瀟雨。
斷回腸一首陽關，
早晚馬頭南去。

（一）馮子振見元史卷一百九十，元詩紀事卷九。

對吳山結個茅庵，
畫不盡西湖巧處。

又：

江湖難比山林住，
種果父勝刺船父。
看春花又看秋花，
不管顛狂風雨。
盡人間白浪滔天，
我自醉歌眠去。
到中流手脚忙亂時，
只靠着柴扉深處。

海粟在這詞序曾說道：『壬寅歲留上京，有北京伶婦御園秀之屬，相從風雪中，恨白氏之曲無續之者。且謂前後多親炙士大夫，皆拘於韻度而不能和。如第一個父字便難下語，又『甚也有安排我處』句，甚字必須去聲，我字必須上聲，音律始諧；不然不可歌也。觀此則知白無咎的鸚鵡曲以『難下語』著，而海粟援筆和之數十首，則海粟之才可知。所以宋景濂說『海粟馮公以博學英詞名於時。』按白無咎名賁，白珽（一）（一二四八——一三二八）子，官學士。他的鸚鵡曲云：『儂家鸚鵡洲邊住，是個不識字漁父。浪花中一葉扁舟，睡煞江南煙雨。覺來時滿眼青山，抖擻綠簑歸去。算從前錯怨天公，甚也有安排我處。』這曲的旨趣就是張志和的漁父詞，而措語豪放盡情，質樸不鍊，則又迥異乎詞，研究詞曲者應於此等處看出『詞曲之界。』無咎又有百字折桂令：

千點萬點老樹昏雅，
三行兩行寫長空啞啞雁落平沙。
曲岸西邊近水灣，

（一）白珽見元詩紀事卷七。

魚網綸竿釣槎。
斷橋東壁傍西山，
竹籬茅舍人家。
滿山滿谷紅葉黃花，
正是傷感凄涼時候，
離人又在天涯。

寫秋思文字極勁逸而瀟爽，與馬東籬天淨紗小令有異曲同工之妙。

張養浩（一）（一二六九——一三二九）字希孟，濟南人。幼有義行，六十歲，讀書不輟，父母憂其過勤而止之，養浩晝則默誦，夜則閉戶張燈竊讀。山東按察使焦遂聞之，薦爲東平學士。他遊京師

（一）張養浩見元史卷一百七十五。

獻書於平章不忽木，不忽木辟爲禮部令史；仍薦入御史臺。一日病，不忽木親至其家問疾，四顧壁立，歎曰『此眞臺掾也。』遂改授堂邑縣尹。尋拜監察御史。武宗時上書論時政，言詞過切，當國者不能容，遂除翰林侍制，復搆以罪能之。延祐初設進士科，遂以禮部侍郎知貢舉。尋擢陝西行臺治書侍御史，改右司郎中，拜禮部尙書。英宗卽位，命參議中書省事。後以父老棄官歸家，泰定元年以淮東廉訪使進翰林學士不赴。大曆二年特拜陝西行臺中丞。改革吏弊（元史張養浩傳記元鈔積弊事，頗與劉致上高司監套曲相印證）以勞瘁卒。至順二年追封濱國公，諡文忠。他的散曲有雲莊休居自適小樂府（一）一卷，見千頃堂書目，小令三十五首，套曲二首，太平雍熙兩樂府及青樓韻語廣集。他的散曲的作風兼有豪放與清逸。如：

見斜行鷄犬樂昇平，
繞屋桑麻翠煙生，

（一）雲莊休居自適小樂府有明成化刊本，有金陵盧氏刊本。

杖藜無處不堪行。
滿月雲山畫難成。
泉聲，
響時仔細聽，
轉覺柴門靜。（堯民歌）

這便是『清逸』的例。此曲的妙處，卽從鬧中而反寫出靜境；將林泉的眞趣表現無遺，堪稱匠心。雲莊曲我很喜他的警世紅繡鞋：

纔上馬齊聲兒喝道，
只這的便是送了那人的根苗，
直引到深坑裏恰心焦。
禍來也何處躱？
天怒也怎生饒？

把舊來時威風不見了。

又如：

正膠漆當思勇退，
到商參纔說歸期，
只恐范蠡張良笑人癡。
腆着胸登要路，
睜看眼履危機，
直到那其間誰救你。

玩其意致，感遇必深，不然似乎泛泛者體會不得的。按元史文忠本傳：武宗時曾疏時政被忌，變姓名遁去。英宗初即位又以陳內府元夕張燈事，被忌，而文忠即毅然退休，明乎此則紅繡鞋之作，豈無謂之作耶。雲莊曲豪放的，如沽酒，山坡羊潼關懷古：

峯巒如聚，

波濤如怒，
山河表裏潼關路。
望西都，
意踟蹰，
傷心秦漢經行處，
宮闕萬間都做了土。
興，
百姓苦。
亡，
百姓苦。（山坡羊潼關懷古）

此曲以透闢沈著勝，擬之涵虛子評林，宜爲孫仲章之『秋風鐵笛』或李致遠的『玉匣昆吾』差爲似之。何以涵虛獨謂雲莊之詞如『玉樹臨風』耶。雲莊又有：

鶴立花邊玉，
鶯啼樹杪絃，
喜沙鷗也解相留戀。
一箇銜開錦川，
一箇啼殘翠煙，
一箇飛上靑天。
詩句欲成時，
滿地雲撩亂。（慶東原）

此又舍激昂而入『閑婉』了。總之雲莊曲以豪放爲宗，他的自適休居小樂府開一時的風氣。在馬派作家中是一位很重要的健將。

劉致（一二八〇——？）字時中，號逋齋，石州寧鄉人。他曾任永新州判，歷翰林侍制，後出爲浙江行省都事。卒貧無以葬。他和姚燧同時而略爲後輩。大德初以文章就正於姚燧，（侍牧庵先生西湖夜宴，）姚燧賞其清拔宏麗。他又與盧疏齋相唱和。他的散曲現存小令六十餘首，套數三首，散見於陽春白雪樂府羣玉各選本中。作品有清麗的，有豪放的。近東籬而也能爲小山之雅。如：

畫船，
綺宴，
紅翠鄉中見。
荷花人面兩嬋娟，
花不如人面。
錦繡千堆，
繁華一片，
是西湖六月天。
扣舷，

采蓮，
怕什麼鴛鴦見。（朝天子）

這種富於青春的蕩放的情趣的作品，在他的集中是很多的：

願天，
可憐，
乞個身長健。
花開以錦海如川，
日日西湖宴。
楊柳宮眉，
桃花人面，
是來生未了緣。
過船，

醉眠，
還不迭風流願。（朝天子）

像這一類的作品，雖然是淸麗可誦，但並不是他集中的上乘；他的最偉大的作品，是上高司監二套，在元曲中尤可稱奇特而珍貴的作品，是散曲家所未嘗試的境地。這兩套曲是連續的，爲散曲內最長的一篇。如：

衆生靈遭魔障，
正値着時歲飢荒。
謝恩光承濟皆無恙，
編作本調兒唱。

開題先說明第一篇大意，以下看他怎樣敷陳飢民的慘狀：

餓生塵老弱飢，
米如珠少壯荒。

有金銀那裏每典當，
盡枵腹高臥斜陽。
剝榆樹餐，
挑野菜嘗。
吃黃不老勝如熊掌，
蕨根粉以代餱粱。
鵝腸苦菜連根煮，
荻筍蘆蒿帶葉咗，
只留下杷柳株樟。（上高司監滚繡毬）

更慘的是：

或是捶麻柘稠調豆漿，
或是煮麥麩稀和細糠。

　　一個個黃如經紙，
　　一個個瘦似豺狼，
　　塡街臥巷。（倘秀才）

這簡直是一幅流亡圖了。第二首掘出虛吏的弊端，揭出江西鈔法的積弊淋漓盡致，是一篇研究元代經濟史最重要的參考的資料。如

　　三二百錠費本錢，
　　七八下裏去斡取，
　　詐捏作曾縮卷假如名目，
　　偸俸錢表裏相符。（滚繡毬）

更可狠的是：

　　且說一年中事例錢，
　　開作時每自與。

庫子每歲高低預先除去」
軍百戶十錠無虛。
攢司五五拿，
官人六六除。
四牌頭每一名是兩封足數。
更有合千八把門軍弓手，殊途。
那里取官民兩便通行法，
赤緊他賄賂單宜左道術。
於汝安乎？（滾繡毬）

在許多的曲家們，都是用散曲抒寫他們的情意，或寫男女的相思之情。而時中卻用散曲來敷陳民間的疾苦，指摘政途的黑暗；他這末一來散曲的地位卻隨着提高不少。正如唐代白居易的新樂府詩一樣的功用，將詩的範圍擴大了許多。次再舉時中豪放的例。如：

詩狂悲壯，
杯深豪放，
恍然醉眼千峯上。
意悠揚，
氣軒昂，
天風鶴背三千丈，
浮生大都空自忙。
功，
也是謊，
名，
也是謊。（山坡羊，與邸明公孤山游飲）
瘦瓢，

帶糟，
將甕裏浮蛆舀。
氤氳雙頰絳雲潮，
春色添多少。
稚子牽衣，
山妻迎笑。
急投床脚健倒。
醉了，
睡好。
醉鄉大，
人間小。（朝天子）

這儼然是東籬的『疏放浩渺』。孰謂時中但解作『荷花人面』耶。（朝天子句）

鮮于樞（一）（一二五七——一三〇二）字伯機，漁陽人。至元間爲浙江行省都事，官至太常典簿，有困學齋集，虞集的道園學古錄，曾題鮮于伯機小像：

斂風沙裘劍之豪，
爲湖山圖史之樂。
翰墨軼米薛而有餘，
風流擬晉宋而無作。

我們從這四句可以知伯機是個什麼樣的人物了。他善書，有題王大令保母帖四首，係論書之作。蘇天爵云『鮮于公早歲學書，媿未能若古人，偶適野見二人輓車行淖泥中，遂悟書法。』（題鮮于伯機詩帖）他又工詩，詩藪摘其五言律佳句，有『鳥飛青嶂裏，人語翠微中。』他的散曲不多，陽春白雪載有八聲甘州一套。極清朗疏逸之至。

（一）鮮于樞見元詩紀事卷八。

江天暮雪，
最可愛青帘，
搖曳長杠。
生涯閒散，
占斷水國漁邦。
煙浮草屋梅敧砌，
水繞柴扉山對窗。
時復竹籬旁，
犬吠汪汪。（八聲甘州）

又：

向滿目夕陽影裏，
見遠浦歸舟。

帆力風降，
山城欲閉，
時聽戍鼓鼕鼕。
羣雅噪晚千萬點，
寒雁書空三四行。
畫向小屏間，
夜夜停缸。（八聲甘州，幺）

悶攜村酒飲空缸，
是非一任講。
恣情拍手掉漁歌，
高低不論腔。（八聲甘州元和令）

浪灣灣，
水淙淙，
小舟斜攬壞橋樁。
綸竿簑笠，
落梅風裏釣寒江。（八聲甘州，尾）

像這些句子不但有清逸的風致，且都是美麗的圖畫。我們讀伯機的曲眞如看倪雲林的山水小景；雖是疏疏的幾筆，卻教人都末可愛。

伯機的兒子必仁，字去矜，亦能曲，正音譜評其詞如『金壁騰輝。』如：

漢子陵，
晉淵明，
二人到今香漢靑。
釣叟誰稱？

農夫誰名？
去就一般輕。
五柳莊月朗風淸，
七里灘浪穩潮平。
折腰時心已愧，
伸脚處夢先驚。
聽，
千萬古聖賢評。（寨兒令）

這到是很豪放的作品，伯機的曲，以『淸逸』勝，去矜的曲卻以『豪放』見長因爲敍述的便利，所以將他們父子兩人合在一起了。——雖然是將伯機放在豪放派稍爲勉強一些。

馬九皐字昂夫，畏吾人。事蹟無考。他所作以小令爲多，散見諸選本中，作風以豪放爲宗。像：

驚人學業，
掀天動地，
是英雄成敗殘杯炙。
鬢堪嗟，
雪難遮，
晚來攬鏡中腸熱，
問著老天無話說。
東，
沈醉也；
西，
沈醉也。（山坡羊）

這是十足的馬派。昂夫曲最多的是宴飲時的唱隨，貌爲豪放，而實則空無所有。像上例山坡羊還是比較踏實的作品。至若：

幾年無事傍江湖，
醉倒黃公舊酒爐。
人間縱有傷心處，
也不到劉伶墳上土。……（湘妃怨）

大江東去，
長安西去，
爲功名走遍天涯路。……（山坡羊）

耐驚耐怕黃虀甕，
長滿長乾老酒盆，
一貧儘可張吾軍。……（陽春曲）

這種浮淺的，貌爲豪放而實無所有的東西，實在是馬派的厄運。當時一般老官僚們，既不得志於有司，無可奈何的『歸去來兮』之後，他們所吟唱的大概就是這些不痛不癢自誇恬退的文字；但這只說說而已，並不是他們心底所反映出來的呼聲。然昂夫並不都是這一類的東西。像：

孤山雲樹，
大橋煙霧，
景濛濛不比江湖怒。
淡粧梳，
淺粧梳，
西湖也怕西施妒，
天也爲他巧對付。
晴，
也宜晝圖；
陰，

也宜畫圖。（山坡羊，苦雨）

這比較算是華美一些的例。至若：

醉歸來，
入門下馬笑盈腮，
笙歌接至朱簾外，
夜宴重開。
十年前一秀才，
黃虀菜，
打熬做文章伯。
江湖氣概，
風月情懷。（殿前歡，醉歸）

馬九皐曲近東籬處實多，故向有『二馬』的稱號。此詞疏狂豪放，儼然東籬的謦欬。在馬曲中堪稱爲豪放的代表。

鄧玉賓，字里事實無考，但據鍾醜齋錄鬼簿知他曾做元通知，其時代約與馮子振貫酸齋相若。他的散曲現存的雖不多。但我們不能不承認他是馬致遠豪放一派的同調。涵虛子正音譜評其詞如『幽谷芳蘭，』可以見他詞格之高了。例如：

白雲深處青山下，
茅庵草舍無冬夏。
閑來幾句漁樵話，
困來一枕葫蘆架。
你省的也麼哥，
你省的也麼哥，
煞強如風波千丈擔驚怕。（叨叨令道情）

又如：

乾坤一轉丸，
日月雙飛箭。
浮生夢一場，
世事雲千變。
萬里玉門關，
七里釣魚灘。
曉日長安近，
秋風蜀道難。
休干，
誤殺英雄漢，
看看，

星星兩鬢斑。（雁兒落帶得勝令閑適）

此詞意境的超脫，辭句的飄逸，洵可稱爲馬派的健將而無愧，其成就實不在『天馬脫羈』的貫酸齋之下。又如：

一筒空皮囊包裹着千重氣，
一箇乾骷髏頂戴着十分罪。
爲兒女使盡拖刀計，
爲家私費盡擔山力。
你省的也末哥，
你省的也末哥，
這一箇長生道理何人會。（叨叨令）

豪放淸逸，也是十足的馬派。

貫雲石（一）（一二八六——一三二四）一名小雲石海涯，字酸齋，畏吾人。父名貫只哥，遂以貫爲氏。初襲父官爲兩淮萬戶府達魯花赤，繼選英宗潛邸說書秀才。仁宗時官至翰林學士。既而歎曰『辭尊居卑，昔賢所爲，』即稱疾南歸，賣藥錢塘市，詭名易服，人無識者。他嘗過梁山濼見漁父織蘆花爲被，愛其清欲易之以綢。漁父見其貴易賤異其爲人，陽曰『君欲吾被，當更賦詩。』遂援筆立就。中有『探得蘆花不涴塵，翠簑聊復藉爲茵。西風刮夢秋無際，夜月生香雪滿身』之句。（見元詩紀事）因又號蘆花道人。他的散曲有酸齋樂府，存小令八十六首，套數九首。作風以豪放清逸爲主，在詞中頗近蘇辛。他也有清潤穠艷者。像『棄微名去來，心快哉，一笑白雲外。知音三五人，痛飲何妨礙，醉袍袖舞嫌天地窄。』（清江引）可爲前者的例。『起初兒相見十分歡，心肝兒般敬重將他占。數年間來往何曾厭。』（塞鴻秋）卻是後者的佐證。至紅繡鞋一曲，尤極艷頑之至：

挨着靠着雲窗同坐，

（一）貫雲石見元史卷一百四十三，元詩紀事卷十一。

看着笑着月枕雙歌。
聽著數著怕著愁著早四更過。
四更過，
情未足。
情未足，
夜如梭。
天哪！
更閏一更妨什麽？

酸齋集俊語如珠，美不勝錄。如：

戰西風遙天幾點賓鴻至，
感起我南朝千古傷心事。
展花箋欲寫幾句知心事，

空教我停霜毫半晌無才思。
往常得興時，
一掃無瑕疵。
今日個病懨懨剛寫下兩個相思字。（寒鴻秋）

此曲盪氣迴腸，文情淒楚；而鋪排轉折，神理氣勢，無不兼全。周德清雖力詆其襯字太多，但亦無害其爲名作。他又有粉蝶兒散套，西湖遊賞一曲『描不上小扇輕羅，你便是眞蓬萊賽他不過。』又復婉變多姿。又他的：

新秋至，
人乍別，
順長江水流殘月。
悠悠畫船東去也，
這思量起頭兒一夜。（落梅風）

著墨不多，而風趣無盡，誰謂酸齋只會作『天馬脫羈』一類雄詞耶。（正音譜評酸齋如天馬脫羈）相傳酸齋隱西湖日，有郡中數人游虎跑泉飲酒，諸人請以泉爲韻，中一人但哦『泉泉泉』久不能就，忽一叟曳杖而來，問其故，應聲云：

泉泉泉亂迸珍珠個個圓。
玉斧斫開頑石髓，
金鉤搭出老龍涎。

衆驚問曰『公非貫酸齋乎？』曰『然然然。』遂邀同飲，盡醉而去。（西湖遊覽志）觀此可以想見酸齋翁風度了。酸齋臨終有辭世詩云『洞花幽草結良緣，被我瞞他四十年；今日不留生死相，海天秋月一般圓。』洞花幽草爲酸齋二妾。見輟耕錄。

第三章　清麗派的黃金時代

張可久——喬　吉——鄭德輝——曾　瑞——睢景臣——徐再思——吳仁卿——曹明善——周文質

趙善慶——王仲元——高克禮——周德清——錢　霖——任　昱——李致遠——王　曄

在這第二期的散曲作家中，無疑的張可久足以領袖羣倫。雖然喬吉和他爲散曲壇上的雙璧，有詩中李杜之稱，但喬吉是兼作雜劇的，說到散曲實在不如他享名之盛。卽就後代的影響上說，喬吉也不如他的偉大。他和馬致遠一樣在元代的散曲壇上都佔着領袖的地位，而他的成就尤爲偉大。他是元代唯一的散曲專家。散曲的清麗一派至他發揚光大，在關漢卿，在王實甫，在白仁甫，在盧摯，在元好問，商挺，楊果，劉秉忠，胡祗遹，姚燧……諸人的作品，雖然已是清麗俊美的作風，但他們都以劇曲，以古文，以詩名，或是『公卿大夫』者，散曲不過是他們的副業之一種；而張可久則是散曲的專業者散曲以外便不再作詩詞古文和劇曲了。

張可久字小山，（堯山堂外紀則說張伯遠字可久號小山。四庫總目則說張可久字仲遠號小山，）慶元人。他的年代亦不可確定。但就錄鬼簿和他的作品——湖上和疎齋學士，疎齋學士自長沙歸，憶疎齋學士，紅梅和疎齋學士。酸齋學士席上，湖上酸齋索賦，次酸齋韻，酸齋席上聽胡琴，爲貫酸齋解嘲，——知他與盧疎齋貫酸齋的唱和很多。疎齋在成宗朝授集賢學士，酸齋仁宗時拜翰林侍讀學士。他的今樂府中有慶東原次馬致遠先輩韻九篇，卽此兩例證之，可知小山爲十三世紀後期十四世紀初期的人物，與盧貫的時代差不多，僅較關馬爲後輩罷了。至他的行事，我們只知道以路吏轉首領官（李開先謂如今稅課局大使之職）爲桐廬典史。錢惟善江月松風集送張小山之桐廬典史云：

君家樂府號吳鹽，
況是風姿美笑談。

公幹才名傾鄴下，
小山詞賦擅江南。
霜清萬木丹青變，
雨暝千峯紫翠含。
縣幕從容釣臺去，
臨流應得瀲餘酣。

他晚年便隱居西湖，名湖詞人，結不解緣，所詠尤細膩詳瞻，故有蘇堤漁唱之集。他性好游，浙中名山水足跡殆遍。我們如就他作品考之，知他到過天台（天台瀑布寺）黃山（黃山道中）武夷（武夷山中）虎丘（虎丘道上。）亦曾足跡踏過揚州（維揚遇雪）紹興（山陰道上）金華（金華道中）鎮江（游金山寺）以及長沙，洞庭，牛渚，采石。他的散曲集有小山北曲聯樂府三卷，外集一卷。內分今樂府，蘇堤漁唱，吳鹽，新樂府四種。近人任中敏據北曲聯樂府改編爲小山樂府，（一）凡六卷，存小令七百五十一首，套數七首。元人散曲專集，此爲獨傳，亦以此爲獨富了。小山自來評者甚多茲舉其重要的數家。

張小山之詞如瑤天笙鶴，淸而且麗，華而不艷，有不食烟火氣，可謂不羈之才。若被太華仙風，招蓬萊海月，詞林之宗匠也。（涵虛正音譜）

這雖然是浮泛的讚語，但如『淸而且麗，華而不艷』二句，倒也搔着癢處。至若明李開先之評語：

東籬蒼古，而小山淸勁，瘦至骨立，而血肉銷化俱盡，乃孫悟空之鍊成萬轉金鐵軀矣。

此語頗踳駁可笑。後來李開先序刻喬夢符張小山二家小令，又有『樂府之有喬張，猶詩家之有李杜』之語。王驥德更爲之辨道：『夫李則實甫，杜則東籬始當，喬張蓋長吉義山之流』這也是浮泛不關痛癢的評語。『義山長吉何嘗似李杜，原來迥不倫』可以推翻李王兩說矣。至若許光治江山風月譜之語『在儷辭追樂府之工，散句擷唐宋之秀，』這簡直是作駢句，非復元明的月旦了。

（一）張可久的散曲集有元刊本，有明李開先輯本張小山小令，有任中敏輯本小山樂府，見散曲叢刊中。

此外明清人評者甚多。如楊愼，陳所聞，沈德符，朱彝尊，阮元，……總之小山之曲，以清麗爲宗，但就作品的內容細分之，則有淸俊的，有典麗的；然也有的是偏於『悽艷哀惋』，有的是近於『流宕豪放，』……他的曲是多方面的，『包羅天地稱當家，』是小山才情的豐富。『淡妝濃抹總相宜，』西湖便是張曲的象徵。小山曲集可分爲三部分：一是近詩詞的，二是介於曲詞之間的，三是純正的曲子。先看第一部分。如：

猿嘯黃昏後，
人行畫卷中。（梧葉兒）
雪冷誰家店，
山深何處鐘？（梧葉兒）
愁烟恨水丹靑畫，
峻宇雕牆宰相家。（撥不斷）

小山有時直用前人詩句入曲。楊愼詞品云：『張小山小桃紅詞云萋萋春雪動，楊柳索春饒。山谷詩也』。又如：

鴛鴦浦，
鸚鵡洲，
竹葉小漁舟。
烟中樹，
山外樓，
水邊鷗，
扇面兒瀟湘暮秋。（梧葉兒次韻）

此曲（太平樂府，北詞廣正譜均歸徐再思）通體全是靜字的點綴，無一動詞，雅是雅了，但過於含而不吐，全無散曲生動的妙趣，這與東籬天淨紗秋思是一樣的近詞的曲。又如：

長日繡窗閑，
人立秋千畫板。（即春日書所見）

屏外氤氳蘭麝飄，
簾底惺忪鸚䳇嬌。
暖香繡玉腰，
小花金步搖。（凭欄人湖上醉餘）
晚風花雨晴，
小樓山月明。（凭欄人晚晴小景）

這些句子在他的曲中是很多的，尤其是像『長日繡窗閑，人立秋千畫板；』『暖香繡玉腰，小花金步搖』諸句，簡直是花間尊前中温韋的佳句了。又如：

月籠沙，
十年心事賦琵琶。
相思懶看幃屏畫，
人在天涯。

春殘豆蔻花。
情寄鴛鴦帕，
香冷荼蘼架。
舊遊臺榭，
曉夢窗紗。（殿前歡離思）

此首雖較上例流貫了，但仍是雅麗的『詩餘』不能算是好的曲子；然而這是清人所最賞識的『騷雅』的作品。至若：

雲冉冉，
草纖纖，
誰家隱居山半崦？
水烟寒，
溪路險，

半幅青帘，
五里桃花店。（迎仙客括山道中）
小玉闌干月半掐，
嫩綠池塘春幾家。
烏啼芳樹了，
燕嘴黃柳花。（凭欄人暮春即事）

此兩首有靜的描寫，也有動的敍述，有的話說出來了，意思全露，寫景如畫，便漸入曲境了。再如：

黃鶯亂啼門外柳，
細雨清明後。
能消幾日春，
又是相思瘦，
梨花小窗人病酒。（清江引春思）

攏釵燕，
鞦韉鬧。
捲珠簾綠陰庭院。
奈何天不教人醉眠！
打新荷雨聲一片。（落梅風暱起）

『打新荷雨聲一片，』這才是好的曲句。喜讀小山曲的人，當從此一類的曲著眼，方得曲之妙趣。我在前面說過張曲有清俊的，有典麗的，有悽惋的，更有豪放的。茲再舉例以證之。如：

門前好山雲占了，
盡日無人到。
松風響翠濤，
槲葉燒丹竈，
先生醉眠春自老。（清江引）

這便是清俊的例。又如：

與誰，
畫眉？
猜破風流謎。
銅駝巷裏玉驄嘶，
夜半歸來醉。
小意收拾，
怪膽禁持，
不識羞誰似你，
自知理虧，
燈下合衣睡，（朝天子閨情）

這便是典麗的例子。至若以悽惋勝者，如：

人老去西風白髮，
蝶愁來明日黃花。
回首天涯，
一抹斜陽，
數點寒雅。（折桂令九月）

小山豪放的作品。如：

滄浪可以濯纓。
嘆千里波波，
兩鬢星星。
遁跡林泉，
甘心畎畝，
罷念功名。

青門外芸瓜邵平，
白雲邊垂釣嚴陵。
潮落沙汀，
月轉林坰，
午醉方醒。（折桂令讀史有感）

又如：

喚歸來，
西湖山上野猿哀。
二十年多少風流怪，
花落花開。
望雲霄拜將臺·
袖星斗安邦策，

破烟月迷魂寨。

酸齋笑我，

我笑酸齋。（殿前歡次酸齋韻）

殿前歡次酸齋韻一詞，逸情遠致，躍躍紙上，其作風也近酸齋，又幾入東籬之室。孰謂小山只解作淸麗詞耶。以上所錄皆小山的小令，至他的套數，當以南呂一枝花湖上晚歸套爲最佳，李開先沈德符俱以爲足和馬致遠的『百歲光陰』相匹敵。今人盧冀野論曲絕句云『論曲猶憐落彩霞，包羅天地稱當家；慶元一老空凡響，謾說仙風被太華。』這都足見一枝花套的膾炙人口：

長天落彩霞，

遠水涵秋鏡。

花如人面紅，

山似佛頭青。

生色圍屏，

翠冷松雲徑，
嫣然眉黛橫。
但攜將旖旎濃香，
何必賦橫斜瘦影。（一枝花）
挽玉手留連錦裀，
據胡牀指點銀瓶，
素娥不嫁傷孤另。
想當年小小，
問何處卿卿？
東坡才調，
西子娉婷，
總相宜千古留名。

吾二人此地私行，
六一泉亭上詩成。
三五夜花前月明，
十四絃指下風生。
可憎，
有情，
捧紅牙合伊川令。
萬籟寂，
四山靜，
幽咽泉流水下聲，
鶴怨猿驚。（一枝花梁州）
岩阿禪窟鳴金磬，

波底龍宮漾水精。
夜氣清，
酒力醒，
寶篆銷，
玉漏鳴。
笑歸來彷彿二更，
然強似踏雪尋梅灞橋冷。（一枝花，尾）

李開先甚喜此曲，他說『小山此曲古今絕唱，世獨重馬東籬夜行船，人生有幸有不幸耳。』沈德符亦說『若散套雖諸人皆有之，惟馬東籬百歲光陰，張小山長天落彩霞爲一時絕唱。』（顧曲雜言）小山散套又有南呂一枝花春怨，『鶯穿殘楊柳枝，蟲蠹損薔薇刺。』通首全對，李開先也甚稱之。

與張可久並稱而以作雜劇揚州夢，金錢記，兩世姻緣得名的喬吉，也是散曲的當行家。張可久的曲，騷雅與蘊藉爲其特色，而喬吉則雅俗並用，尤能得曲家的妙諦；故論者以喬吉在散曲壇上的地位，或較張可久爲高。喬吉（約一二八〇——一三四五）字夢符，號笙鶴翁，又號惺惺道人。太原人。美容儀，能詞章，以威嚴自飭，人敬畏之。居杭州太乙宮前。有題西湖梧葉兒百篇，胥疏江湖間四十年，欲刊行所作未成。至正五年二月卒于家。（參鍾嗣成錄鬼簿）我們所知道喬吉的生平，只此而已。再他自己的作品綠幺遍自述也可供我們的參考：

不占龍頭選，
不入名賢傳，
時時酒聖，
處處詩禪，
烟霞狀元，
江湖醉仙。

笑談便是編修院，
留連，
批風切月四十年。（綠幺遍）

我們就此詞看可知道喬吉的生活，實較張可久更爲落魄，更爲放浪。再看他的折桂令上已遊嘉禾南湖歌者爲豪奪，扣船自歌鄰舟皆笑，『劣燕嬌鶯，冷笑詩仙，擊楫揚舲。』可以想見我們這位大曲家疏狂的豪氣了。又折桂令自述云：

華陽巾鶴氅蹁躚。
鐵笛吹雲，
竹杖撑天。
伴柳怪花妖，
麟翔鳳瑞，
酒聖詩禪。

不應舉江湖狀元，
不思凡風月神仙。
斷簡殘編，
翰墨雲烟，
香滿山川。（折桂令）

又如：

酒腸渴柳陰中揀雲頭剖瓜。
詩句香梅梢上掃雪片烹茶。
萬事從他。
雖是無田，
勝似無家。（天香引自敍）

從這些句子，都可以看出喬吉的生活來。他的散曲，有近人任中敏所輯喬夢符散曲三卷。（一）

內分惺惺道人樂府，文湖州集詞，摭遺，存小令近二百首（複見十七首）套數十首。元人散曲之存小令者，除張小山外，要算喬吉爲獨富了。涵虛子評他的曲如『神鰲鼓浪，若天吳跨神鰲，噀沫於大洋，波濤洶涌，截斷衆流之勢。』此但賞其雄健，要未能盡喬曲之勝，李開先評他『蘊藉包含風流調笑，種種出奇，而不失之怪；多多益善，而不失之繁；句句用俗，而不失其文。』此語則有幾分似處。『蘊藉包含風流調笑』即小山之『騷雅』，至『句句用俗』便是喬曲獨具的風趣了。茲先看他的第一類。如：

綠雲分翠攏香絲，
玉線界宮雅翅。
露冷薔薇曉初試，
淡勻脂，

（一）喬夢符小令明李開先輯本，有隆慶元年刊本，有任中敏新輯本，喬夢符散曲見散曲叢刊中。

金箆膩點蘭烟紙。
含嬌意思。
殢人須是，
親手畫眉兒。（小桃紅曉妝）

這便是小山的『蘊藉』——他寫美人曉妝，自攏髮至於插花，瑣瑣都手自爲之，獨畫眉一事，必留以殢人親手，眞深得美人嬌韻，與歐陽修『走來窗下笑相扶，愛道畫眉深淺入時無？』有異曲同工之妙。又如：

芳心偸付檀郎，
懷兒裏放，
枕袋裏藏，
夢繞龍香。（水仙子，楚儀贈香囊賦以報之）
楚巫娥挪取些工夫，

殢酒人歸未，
停歌月上初，
今夜何如？（水仙子，嘲楚儀）
殷懃謝伊，
雖無傳示，
來探了兩遭兒。（小桃紅，楚儀來因戲贈之）

像這些句子，都屬風流調笑之作，而字句灑落雋永，信多妙趣。若再看『司空休作尋常事，尊前但得，身邊伏侍，誰敢想那些兒。』（小桃紅，贈朱阿嬌）全曲傳神正在阿堵中了。至喬曲的後一種例，如：

怎生來寬掩了裙兒，
爲玉削肌膚，
香褪腰肢。

飯不沾匙，
睡如翻餅，
氣若遊絲。
得受用遮莫害死，
果誠實有甚推辭，
乾鬧了多時。
本是結髮的歡娛，
倒做了徹骨兒相思。（折桂令寄遠）

又如：

滿腔子苦恨病相兼，
一肚皮離情沈點點，
豫章成開了座相思店，

悶勾肆兒逐日添，
愁行貨頓塌在眉尖。
稅鏹比茶船上欠，
斤兩去戥秤上掂，
喫緊的歷册般拘箝。（水仙子爲友人作）

這類『出奇不失於怪，用俗而不失爲文，』又本色又奇麗的句子，確爲夢符所獨擅，這在張曲中是不會見到的東西。

我在上例所錄喬曲多屬清麗一類的例子，至他雄健豪放之作，在他的作品中亦不爲少。如：

蓬萊老樹蒼雲。
禾黍高低，
狐兔紛紜。
半折殘碑，

空餘故址，
總是黃塵。
東晉亡也再難尋箇右軍，
西施去也絕不見甚佳人。
海氣長昏，
啼鴂聲乾，
天地無春。（折桂令丙子游越懷古）
秋聲一片蘆花。
正落日山川，
過雨人家。
羡歌舞風流，
太平時事，

詩酒生涯。……（折桂令，秋日湖山宴集）

黑海春愁，

渾無處躲，

嫩香膩玉漸消磨，

瘦啊也不似今春箇。……（春閨怨）

像上面諸曲，疏朗流宕，意氣蒼莽，和他的專寫兒女相思者判若兩人。夢符高才，眞不能以常例衡之了，涵虛評夢符曲如『天吳跨神鰲，噀沫於大洋，波濤洶涌，截斷衆流之勢。』蓋指他此類雄健的作品。

鄭光祖與喬吉同爲第二期的著名雜劇家。他和喬吉與第一期的關漢卿王實甫白樸馬致遠是被稱爲元曲六大家的。但他的散曲却不見得高明，在六大家中要算以他爲最下。(一)他字德輝，平陽襄陵人。以儒補杭州路吏，爲人方直，不妄與人交，卒葬西湖靈芝寺，他在當時很有名，聲振閨閣，伶倫輩稱鄭老先生，皆知其爲德輝也。（錄鬼簿）他著有雜劇十九種，現存四種，（㑳梅香翰林風月，周公輔成王攝政，醉思鄉王粲登樓，迷靑瑣倩女離魂，）他的散曲現存小令三首，（樂府羣玉選折桂令二首，陽春白雪選蟾宮曲一首）套數二首，（太平樂府選駐馬聽一套，北宮詞紀選梧桐樹一套，）就他這些作品看，大都以『清麗』爲宗，是張可久的同調。如他的：

雨過池塘肥水面，

雲歸岩谷瘦山腰。（秋閨駐馬聽）

像這類近詩的句子，已足證是張可久的同好了。又如：

飄飄泊泊，

船纜定沙汀。

悄悄冥冥，

（一）任中敏輯的元人散曲三種，有鄭德輝的一種。

江樹碧熒熒，
半明不滅，
一點寒燈。……（折桂令）
弊裘塵土壓征鞍，
鞭倦裊蘆花。
弓劍蕭蕭，
一竟入烟霞。
動羈懷西風禾黍，
秋水蒹葭。
千點萬點，
老樹寒雅。
三行兩行，

寫高寒呀呀雁落平沙。
曲岸西邊近水渦，
魚網綸竿釣艖。
斷橋東下，
傍溪沙，
疏籬茅舍人家。
見滿山滿谷，
紅葉黃花。
正是淒涼時候，
離人又在天涯。（折桂令）

此類饒有畫意的清逸的句子，置之小山集中，當能亂眞。至他的『月圓苦苦被陰雲罩，偏不把離愁，照玉人何處教吹簫？辜負了這良宵。』（秋閨駐馬聽）便看出德輝是在偸用古語，雕鏤詞句，乃去小山益遠。涵虛評他「出語不凡，若咳唾落乎九天，臨風而生珠玉，」這未免太高視德輝了。

曾瑞字瑞卿，大興人。南居後，羨錢塘景物之盛，因家焉。瑞卿神采卓異，衣冠整肅，優遊市井，飄飄然好似神仙中人。自號褐夫，善丹靑，能隱語小曲，有詩酒餘音，今雖佚，但散見於太平樂府諸選本卻也不少。他所作大都爲江湖間的熟語市井流行的習慣辭。如：

舊衣服陡恁寬，
好茶飯減多半，
添鹽添醋人攛斷，
剛捱了少半椀。（蝶戀花套閨怨）

又云：

恰初春又早殘春至，
只愁吹破胭脂。

忽驚風雨夜來時，
零落了千紅萬紫。（願成雙散套么）

曾瑞是一位雜劇的作家，所以他的散曲亦是那末樣的『通俗。』他的雜劇現存王月英元夜留鞋記，（見元曲選辛集上）錄鬼簿亦作佳人誤元宵。

睢景臣字景賢，揚州人。大德七年，他從維揚到杭州，與錄鬼簿的作者鍾醜齋相識。他著有雜劇三種——牡丹記，千里投人，屈原投江。他的散套有高祖還鄉，確是一篇奇作。鍾嗣成說『維揚諸公，俱作高祖還鄉套數，惟公哨遍製作新奇，皆出其下。』試看這位『流氓皇帝』漢高祖還鄉是怎樣的『裝喬』：

那大漢下的車，
衆人施禮數，
那大漢覷得人如無物。…………
猛可里抬頭覷，

覷多時，
認得熟，
氣破我胸脯。（哨遍二煞）
你須身姓劉？
你妻須姓呂？
把你兩家兒根脚從頭數。
你本身做亭長，
躭幾杯酒；
你丈人教村學，
讀幾卷書。
曾在俺莊東住；
也曾與我喂牛，切草，拽壩，扶鋤。（二煞）

這種尖辣滑稽之詞，愧得由他說出來。最後這位莊稼老說道：

只道劉三，
誰肯把你揪捽住。
白甚麼改了姓，
更了名，
喚漢高祖。

是那樣的流利尖刻，是那樣的故意開玩笑，眞把劉邦挖苦透了。涵虛子評睢景臣之詞如『鳳管秋聲』這很可供我們的參考。

徐再思字德可，嘉興人。好食甘飴，故稱甜齋。鍾嗣成錄鬼簿也說他『……好食甘飴，故號甜齋，有樂府行於世。其子長善頗能繼其家聲。』世人以他和貫酸齋並稱，謂之『酸甜樂府。』有集見散曲叢刊中。(一)他雖然和酸齋並稱，但他們的作風則異。酸齋作風以豪放淸逸爲主。近於馬致遠一派。而甜齋曲則包含着淒婉，華美，艷麗諸優點。其作風較接近張可久。試看他淒婉的，如：

一聲梧葉一聲秋。
一點芭蕉一點愁。
三更歸夢三更後，
落燈花棋未收，
歎新豐孤館人留。
枕上十年事，
江南二老憂，
都第心頭。（水仙子夜雨）

華美的如：

（一）徐甜齋樂府有任中敏輯的酸甜樂府見散曲叢刊中。

紫燕尋舊壘，
翠鶯棲暖沙，
一處處綠楊堪繫馬。
他，
問前春沽酒家，
秋千下，
粉牆邊紅杏花。（閱金經春）

艷麗的如：

平生不會相思。
才會相思，
便害相思。
身似浮雲，

心如飛絮，
氣若遊絲。
空一縷餘香在此，
盼千金遊子何之？
證候來時，
正是何時。
燈半昏時，
月半明時。（蟾宮曲春情）

任中敏最喜此詞。他說『首尾各以數語同押一韻，全屬自然聲籟，何可多得。末四句僅各四字而唱歎轉折，能一盡其情致，眞是神來之筆。』（曲諧卷一）誠然，這實在是嬌媚可喜的東西。至若：

昨宵是，
你自說，

許著咱這般時節。
到西廂等的人靜也，
又不成再推明夜。（壽陽曲，春情之二）
梧桐畫欄明月斜，
酒散笙歌歇。
梅香走將來，
耳畔低低說；
後堂中老夫人沈醉也。（淸江引私歡）

像這些句子雖然亦寫得嬌冶動人，但終不免『淺露』之感，遠不若水仙子詞的刻骨鏤心耐人迴味了。正音評甜齋詞如『桂林淸月，』可以見其詞情境之淸。盧冀野詩云『遊絲飛絮寫相思，落盡燈花枕上時。夢向桂林秋月裏，回甘還取水仙詞。』（曲雅，論曲絕句）看此詩可對徐甜齋得一概括的觀念。

吳仁卿字弘道，號克齋，蒲陰人。歷任仕府判，致仕。他的雜劇有子房貨劍，正陽門，阿房宮，屈原投江，手卷記五種。散曲有金縷新聲，今已佚，現羣玉存上小樓小令六首，陽春白雪存金字經十一首，鬭鵪鶉一套，太平樂府選小令八首套曲二套。正音譜評其詞如「山間明月。」就他現存之作品看。大都清疏多逸趣。如：

泛仙槎，
寄生涯，
長江萬里秋風駕。
稚子和烟煑嫩茶，
老妻帶月包新鮓，
醉時閑話。（撥不斷）

又如：

這家村醪盡；
那家醅甕開，
賣了肩頭一擔柴。
哈！
酒錢懷內揣。
葫蘆在，
大家提去來。（金字經）

像他這一類清疏的句子，在他的曲中是很多的。他的生平雖然在現今我們不能知道很詳，但就他的『窮知縣，日高猶自眠。』『晉時陶元亮，自負經濟才，恥爲彭澤一縣宰。』（均金字經句）『虛名仕途，微官苟祿。』（上小樓錢塘感舊）可知道他是做過知縣一類的『窮官。』『夢中邯鄲道，又來走這遭。』他明白了做官也不過這麽一會事，於是便致仕退隱。『七椿兒爲伴侶，茶藥琴棋酒畫書。』就是他晚年生活的縮影。

曹明善曾爲衢州路吏，一說官山東憲使。鍾嗣成稱他『甘於自適，』時伯顏擅權，亂入人罪，明善賦清江引長門柳二首以刺伯顏，伯顏怒，他避居吳中僧舍始免。他的散曲約存小令十八首，見樂府羣玉。錄鬼簿稱其作風『華麗自然，不在張可久之下，』可知他是當時一位很有名的作家。

長門柳絲千萬縷，
總是傷心處。
行人折柔條，
燕子啣芳絮，
都不由鳳城做主。（清江引長門柳）
長門柳絲千萬結，
風起花如雪。
離別重離別，

攀折復攀折，
苦無多舊時枝葉。（清江引長門柳）

他的散曲鍾嗣成雖以『華麗自然』四字評之，但從他現存十數首來看，寧稱爲華麗，秀潤，自然三方面的。華麗的例，如：

春雲巧似山翁帽，
古柳橫如獨木橋，
風微塵軟落紅飄。
沙岸好，
草色上裙腰。（喜春來和則明韻）

秀潤的如：

小紅樓隔水人家，
草已鳴蛙，

柳已藏雅。
試卷朱簾，
尋山問寺，
何處無花。……（折桂令西湖早春）

自然的如：

春來南國花如繡，
雨過西湖水似油，
小瀛州外小紅樓。
人病酒，
料應下簾鈎。（喜春來和則明韻）

周文質（？——一三三四）字仲彬，其先建德人，後居杭州，他體貌清癯，學問淹博，資性工巧。善丹靑，能歌舞，明曲調，諧音律。他與鍾嗣成爲莫逆，故錄鬼簿記他的生平較詳。他著有雜劇四種，

（教女兵，杜韋娘，蘇武還鄉，唐莊宗）他的散曲羣玉載有小令四十四首，太平樂府選套曲五套，錄鬼簿謂其文筆新奇。如：

鸞鳳配，

鶯燕約，

感蕭娘肯憐才貌。

除琴劍又別無珍寶，

只一片至誠心要也不要。（落梅風）

又如：

叮叮噹噹鐵馬兒乞留玎琅鬧。

啾啾唧唧蜓蚷兒依柔依然叫。

滴滴點點細雨兒淅溜淅零哨。

瀟瀟灑灑梧葉兒失流疎剌落。

睡不着也末哥，
睡不着也末哥。
孤孤另另單枕上迷颩模登靠。（叨叨令悲秋）

前一首是情詞，其末句意就是別無以爲贈，索性掬出我的心罷！文字炙手騰躍，抒情之作，眞厚如是！覺時下流行小曲『小親親不要你的金，不要你的銀，奴奴只要你的心，』眞肉麻透了。後一首悲秋，寫來索索有聲，文字活躍，眞可以當得起『新奇』二字而無愧。

趙善慶字文賓，別作趙文寶名孟慶，饒州樂平人。善卜術，任陰陽學正。他著有雜劇七種（教女兵，七德舞，滿庭芳，村學堂，糜竺收資，執笏諫，姜肱共被，）他的散曲羣玉載有小令二十九首。其作風以『淸疏』見長。如：

山對面藍堆翠岫，
草齊腰綠染沙洲。

傲霜橘柚青，
濯雨蒹葭秀，
隔蒼波隱隱紅樓。
點破瀟湘萬頃秋，
是幾葉兒傳黄敗柳。（沉醉東風秋日湘陰道中）

此曲殊饒蕭疏之韻。又如：

問六橋何處堪誇？
高低楊柳，
遠近桃花。
臨水臨山寺塔，
半村半郭人家。（折桂令西湖）

又如：

稍樂肥，
兼葭秀，
黃添籬落，
綠淡汀洲。……
沙鳥翻風知潮候，
望烟紅萬頃沉秋。
半竿落日，
一聲過雁，
幾處危樓。（普天樂江頭秋行）

善慶這種喜用清疏之筆，來寫景物的作品，在他的集中是很多的，此外寫情的亦還不錯。如：

數聽啼鳥穿花枝，
院落無人至。

寶枕輕推粉痕漬，
印胭脂，
雕闌強倚無情思。
鬅鬙鬢絲，
追思心事，
正是斷腸時。（小桃紅佳人睡起）

這眞是『藍田美玉，』（涵虛子評語）是令人把翫不忍釋手的東西。至如『望晴空瑩然如紙片，一行雁一行愁字。』（落梅風，江流晚眺）也是纖雅圓潤的雋品。

王仲元杭州人，與鍾醜齋爲莫逆交他有雜劇三種（于公高門，袁盎却坐，私下三關。）他的散曲羣玉載有江兒水十首，普天樂春日多雨一首，太平樂府選套曲四套。涵虛正音譜將他放入『近下一百五八』並注云『俱是傑作，尤有勝於前列者，其詞勢非筆舌可能擬，眞詞林之英傑也。』可看出他在當時也是一位著名的作者。他的散曲都清逸可喜。如：

誰待理他閑是閑非，
緊把紅塵避。
庵前綠水圍，
門外青山對，
尋一箇穩便處閑坐地。（江兒水歎世）

又如：

竹冠草鞋麤布衣，
晦迹韜光計。
灰殘風月心，
參得烟霞味。……（江兒水）
茅齋倚山門傍溪，

鎮日常關閉。
安閑養此心，
去住從吾意。……（江兒水）

這些這些，都可以看出仲元恬淡閑逸的生活來。

高克禮字敬臣，（錄鬼簿作敬德）號秋泉，河間人。小曲樂府極爲工巧。元詩選癸集稱其字敬臣，蔭官至慶元理官。治政以清靜爲務，不爲苛刻，以簡淡自處。工古今樂府，有名於時。如：

新愁因甚多，
淺黛教誰畫？
倦將珊枕敧，
款要朱扉亞。
（過）

月明閑照綠窗紗，
酒冷重溫白玉斝。
五花驄繫何處垂楊下？
少年心虧負殺虧負殺！
不恨你箇寃家，
高燒銀蠟，
寬鋪繡榻，
今夜來麼？（雁兒落過得勝令）

秋泉亦能詩。有和楊鐵崖西湖竹枝詞『第四橋頭第一灣，看魚直上玉泉山；大魚已逐龍飛去，留得當年舊賜環。』（見元詩紀事）

周德清字挺齋，高安人，著有中原音韻，作詞十法，爲曲家所宗。他在當時爲一音韻家，他所自作曲亦是百鍊千錘極精美的東西。如：

鞓挑斜月明金韂，
花壓春風短帽簷，
誰家龐影玉纖纖。
黏翠靨，
消息露眉尖。（喜春來春晚）

又如：

月兒初上鵝黃柳，
燕子先歸翡翠樓，
梅魂體暖風香篝。
人去後，
鴛被冷堆愁。（喜春來別情）

這還不是晶瑩若珠璣的東西嗎？至像『千山落葉岩岩瘦，百結柔腸寸寸愁，有人獨倚曉妝樓。樓外柳眉葉，不禁秋。』（秋思）都可以看出挺齋散曲的造詣來。他雖在當時很有名，但家況奇窘，嘗有折桂令寫當時的窘狀：

倚蓬窗無語嗟呀，
七件兒全無，
做什麼人家？
柴似靈芝，
油似甘露，
米若丹砂。
醬甕兒恰才夢撒，
鹽瓶兒又苦消乏。
茶也無加，

醋也無加。

七件事倘且艱難，

怎生教我折柳攀花。（折桂令開門七件事）

此可看出挺齋生活的苦境了。盧冀野詩所謂『開門七事苦嗟呀，柴米油鹽醬醋茶。』（論曲絕句）文人潦倒，自昔如斯，讀挺齋曲，眞令人啼笑不得！

錢霖字子雲，松江人，與徐再思同時，（蟾宮曲有錢子雲赴都一首。）棄俗爲黃冠，更名抱素，號素庵，多游名公卿間。善詩與曲，有集曰醉邊餘興，又類集當時諸公曲曰江湖清思集。醉邊餘興今已失傳，他的散曲存於今者，只有樂府羣玉卷三所載的清江引（失題）四首。和輟耕錄所載素庵哨遍套曲而已。茲錄清江引一四兩曲：

夢回晝長簾半卷，

門掩荼蘼院。

蛛絲掛柳綿，
燕嘴粘花片，
啼鶯一聲春去遠。（清江引之一）
恩情已隨紈扇歇，
攢到愁時節。
梧葉一聲秋，
砧杵千家月，
多的是幾聲兒簷外鐵。（清江引之四）

錄鬼簿謂醉邊餘興詞意極工巧但看清江引四首，尚未見出他的『工巧』處。『梧葉一聲秋，砧杵千家月。』只不過是詞意雅馴而已。若輟耕錄所載素庵哨遍套曲寫守財奴的聚斂，『忍包羞，汕鐺插手，血海舒拳，肯落他人後。曉夜尋思機斅，緣情鈎距，巧取旁搜。』則以『巉刻』勝，也不見得怎樣的工巧。

任昱字則明，四明人。他少年時的浪漫生活很像柳永『狎遊平康，以小樂章流布裙釵。』晚年乃銳志讀書。他亦工七字詩，如西湖竹枝詞云：

儂住湖邊二十年，
花開花落任春妍；
門前有個垂楊樹，
不著游人繫畫船。（西湖竹枝集）

他與張小山曹明善同時。樂府羣玉明善的散曲中有喜春來和則明韻三首，可知他們的年輩是差不多的。他的散曲現存小令五十餘首套數一首。（一枝花見太平樂府）作風以『華美』勝。如：

暗朱箔雨寒風峭，
試羅衣玉減香銷，
落花時節怨良宵。

銀臺燈影淡，
繡枕淚痕交，
團圓春夢少。（紅繡鞋春情）

又如：

絳羅爲帳護寒輕，
銀甲彈箏帶醉聽。
玉奴捧硯催詩贈，
寫青樓一片情，
倦疏狂席上風生。
紅錦纏頭罷，
銀釵剪燭明，
有酒如澠。（水仙子友人席上）

這種『倚紅偎翠淺斟低唱』的浪漫生活，還不是則明少年時代生活的縮影麼？但他到了晚年，生活便如此恬淡了：

小堂不閉野雲封，
隔岸時聞澗水春。
比鄰分得山田種，
宦情薄歸興濃。……（水仙子幽居）

又如：

歎朝暮青霄用捨，
儘頭顱白髮添些。
伴漁樵，
苫茅舍，
醉西風滿川紅葉。

近日鄰家酒易賒，

三徑黃花放也。（沉醉東風隱居）

這些這些，都可看出他晚年的作品，迥異於少年時代了。『文藝是生活的反映，』所以在明少年浪漫生活的曲子，其作風多華美艷麗，晚年退居後，所過『野鶴閒雲』般的生活，則其作風一轉而爲『淸疏』了。

李致遠字里無考。但知其有還牢末一劇見元曲選。他的散曲羣玉樂府載小令二十六首。楊選太平樂府載散套四套，他的套曲並不見精采，小令卻頗輕圓朗潤。如：

吹落紅，

楝花風，

深院垂楊輕霧中。

小窗閒，

停繡工，
簾幙重重，
不鎖相思夢。（迎仙客暮春）

又如：

敲風修竹珊珊，
潤花小雨斑斑，
有恨心情懶懶，
一聲長歎，
臨鸞不畫眉山。（天淨紗離愁）

粉雲吹作修鬟，
碧月低懸玉彎。

這些句子都明朗輕圓，如一粒粒晶瑩的珠璣。令人把翫不置的。此外像：

落花懶慢，
羅衣特地輕寒。（天淨紗春閨）
樽前有人顏似玉，
笑索多情句。……（清江引贈妓）
夜雨留荷淚，
西風吼樹音，
秋月弄桐陰，
梅花謝別來到今。（梧葉兒失題）

此類句都清逸玉潤，擬以張雲莊之『玉樹臨風』差可近似，何以涵虛子評其詞如『玉匣昆吾，』無乃『張冠李戴』耶！

王日華名曄，號南齋，杭州人。體豐肥而善滑稽，能詞章樂府。臨風對月之際，所製工巧，有與朱凱題雙漸小青問答，人多稱賞。（錄鬼簿）他所作雜劇凡三種：臥龍岡，雙賣花，桃花女。茲錄他的慶東原題雙漸小青問答：

俏排場慣見曾經，
自古惺惺，
愛惜惺惺。
燕友鶯朋，
花陰柳影，
海誓山盟。
那一箇堅心志誠，
那一箇薄倖離情。
只問蘇卿，
是愛馮魁？

是愛雙生？（天香引問蘇卿）

蘇卿答道：

平生恨落風塵，
虛度年華，
減盡精神，
月枕雲窗，
錦衣繡褥，
柳戶花門。
一箇將百十引江茶問肯，
一箇將數十聯詩句求親。
心事紛紜，
待嫁了茶商，

怕誤了詩八。（天香引答）

蘇卿所答仍是一己的『兩頭難，』未曾有著實話，所以下文鳳引雛再問『小蘇卿言詞道不誠實，……』接着蘇卿答道：

滿懷寃被馮魁撲掩了麗春園。
江茶萬引誰情願，
聽妾明言：
多情小解元，
休埋怨，
俺違不過親娘面，
一時間誤走上茶船。（鳳引雛答）

以下天香引問馮魁，凌波仙馮魁答：一味銅臭，當前者更爲薰倒了。再下又天香引問雙漸，凌波仙答：

小蘇卿是接了馮魁定，

俏書生便噤聲。

非干是咱薄倖，……（凌波仙雙漸答）

以下天香引問黃肇，凌波仙答。最後天香引問蘇媽媽：

只爲貪錢，

將箇嬋娟，

賣上茶舡。

蘇媽媽答道：

有錢的問甚紙糊鍬，

沒鈔由他古定刀。

是誰俊俏誰村拗，
俺老人家不信索。
馮員外將鑾鈔遞著，
雙生號咷休乾鬧，
黃肇咪且莫焦，
價高的俺便成交。（凌波仙蘇媽媽答）

看此曲虔婆狡猾，盡在字裏行間，而所答亦虎虎有生氣。通觀全局除馮魁所答外，當以此闋爲最豪辣。全案角色甚多，獨於男女兩丑脚所言特爲精工，這與元雜劇通例之注重生旦者當爲別致了。自元曲以來，曲中播詠最盛者有三大情史：一爲西廂故事，一爲馬嵬坡故事，一卽爲雙漸小青事。西廂極於王關，馬嵬盛於白洪，人所共知。雙青事，在諸宮調則有五牛張，商正叔雙漸小青。北曲則有庾天錫蘇小青麗春園，王寶甫蘇小青月夜販茶船，紀天信信安王斷復販茶船，（將蘇小青歸雙漸。）南雜劇則有蘇小卿月下販茶船，汝陽記。傳奇則有明王玉峯三生記，萬曆間人所作的千里舟，趕蘇卿。散套則有周文質鬥鵪鶉。小令則王日華此種實爲體格之最新者。一般人以散曲劇曲之分，每以演故事與不演故事爲別。我們讀王日華此曲，及西廂摘翠百詠，以小桃紅演全部故事。知劇曲散曲之分別，並不在搬演故事與否爲衡。而散曲在文學上的地位，乃益爲重要。

第四章　後期的豪放派

楊朝英——鍾嗣成——劉庭信

元代散曲的豪放派，在第一期馬致遠時代，已到達了牠的登峯造極的地域。到了第二期，乃是張可久淸麗一派獨霸的時代，馬派的同調是很寂寞的，遠不若以前的人才濟濟了。這時期只有楊朝英鍾嗣成劉庭信………三數人來點綴此冷落場面而已。

楊朝英號澹齋，靑城人。他的事蹟現已多不可考，我們只知道他和貫酸齋爲莫逆交，酸齋嘗道「我酸則子澹」，遂以號之。（見鄧子晉太平樂府序）至正間他嘗選「當代朝野名筆」爲陽春白雪（一）太平樂府（二）二集爲現代元散曲僅存的總集，而爲研究元散曲主要的寶庫。他的散曲約存二十餘首，散見諸選本中。而他自己的作品，也見於『二選』中。他的散曲以豪放爲多，其作風頗似酸齋。如：

白雲窩，
樵童斟酒牧童歌。
醉時林下和衣臥，
半世磨陀，
富和貧伊什麼？
自有閑功課，
共野叟閑吟和。

（一）樂府新編陽春白雪（殘本）五卷，有散曲叢刊本。

（二）朝野新聲太平樂府八卷，有四部叢刊本。

呵呵笑我
我笑呵呵。（殿前歡和前韻）

又如：

閑時高臥醉時歌，
守己安貧好快活。
杏花村裏隨緣過，
勝堯夫安樂窩。
任賢愚後代如何？
失名利癡呆漢，
得清閑誰似我，
一任他門外風波。（湘妃怨）

這都可看出他的疏放的豪氣，元代豪放一派散曲，大都這一類『漁翁把盞樵夫唱』（叨叨令歎世）剎那的享樂主義論調。正音譜評楊曲如「碧海珊瑚，」不甚切當，倒是像他的「浮雲薄處朧朦日，白鳥明邊隱約山。」（陽春曲）差當此評。

鍾嗣成字繼先，號醜齋，汴人。他是鄧善之曹克明劉聲之的高足弟子。他和這期的作者，大都友善，如金仁傑施惠周文質皆與之游。他是一位很好的抒情詩人。他旣累試不第，又不樂爲吏，乃居於杭州以著作爲事。他著雜劇凡七種（馮諼收券，詐遊雲夢，錢神論，斬陳餘，章臺柳，鄭莊公，蟠桃會。）他的散曲現存小令三十餘首，套曲一套，散見於樂府羣玉太平樂府中。他的作風大都以豪放爲宗，但常顯示着特殊的詼諧與頹放的風趣。

風流得遇鸞鳳配，
恰比翼，
便分飛。
綠楊易散琉璃脆，

沒揣地釵股折，
厮琅地寶鏡虧，
撲通地銀瓶墜。
香冷金猊，
燭暗羅幃。
支剌地攪斷離腸，
撲速地淹殘淚眼，
吃塔地鎖定愁眉。
天高雁杳，
月皎烏飛。
暫別離，
且寧耐，

好將息，
你心知。
我誠實，
有心誰怕隔年期。
去年須憑燈報喜，
來時長聽馬鳴嘶。（恨別罵玉郎帶過感皇恩採茶歌）

這眞是一篇『絕妙好辭。』我們如果拿此曲和『昨天話兒說甚的，今日都翻悔。直憑鐵心腸，不管人憔悴。下場頭送了我都是你。』（淸江引情）可看出鍾嗣成寫情的手段眞是不壞。他尙有醉太平小令三首，寫乞兒的生活，維妙維肖，爲明薛近兗繡襦記的蓮花一齣之所本。如：

遶前街後街，
進大院深宅。
怕有那慈悲好善小裙釵，

請乞兒吃頓飽齋，
與乞兒繡幅合歡帶，
與乞兒換副新鋪蓋。……（醉太平）

俺是悲天院下司，
俺是劉九兒宗枝。
鄭元和俺當日拜爲師，
傳留下蓮花落稿子。……（醉太平）

凡讀薛近兗繡襦記的人們，每賞他的蓮花一齣，謂爲渾然天成，如沈景倩顧曲雜談說：『鵝毛雪一折，乞兒家長門頭語，鎔鑄渾成，不見斧鑿痕。』看醜齋醉太平，乃知薛作蓋從鍾曲學來。鍾曲尤妙的是在第三首：

風流貧最好，
村沙富難交，

拾灰泥補砌了舊磚窰，
開一箇教乞兒市學。
裹一頂半新不舊烏紗帽，
穿一領半長不短黃麻罩，
繫一條半聯不斷皂環縧，
做一箇窮風月訓導。（醉太平）

鍾醜齋曲是以豪放稱的。正音譜評他如『騰空寶氣，』可想見其一團豪氣了。這類作品如：

燈前撫劍聽雞聲，
月下吹簫引鳳鳴。
功名兩字原無命，
學神仙又不成，
歎吳儂何處歸耕。

日月閑中過，
風波夢裏驚，
造物無情。（水仙子）

又如：

聽不厭鸞笙象板，
看不足鳳髻蟬鬟，
按不住刺史狂，
學不得司空慣。
常不教粉客紅慳，
若不把羣花恣意看，
飽不了平生餓眼。（沉醉東風）

這不是馬派的同調嗎？鍾曲又有清江引十首，每首末句都是『早尋箇穩便處閑坐地。』這是有意的在學馬致遠的清江引野興二首。

劉庭信，字里不可考，我們知道他是南臺御史劉庭翰族弟，俗呼黑劉五。他的散曲約存小令七十餘首，套數六首。在這些作品中，頗多『奇麗』的曲子。如：

秋風颯颯撼蓮梧，
秋雨瀟瀟響翠竹。
秋雲黯黯迷烟樹，
三般兒一樣苦，
苦的人魂魄全無。
雲結就心間愁悶，
雨好似眼中淚珠，
風做了口內長吁。（水仙子）

涵虛子論詞謂庭信如『摩雲老鶻。』這是很可供我們參攷的。他又有折桂令別情十餘首。見詞林摘艷。如：

想人生最苦離別，
唱到陽關，
休唱三疊。
意遲遲抹淚揩眸。
急煎煎揉腮抓耳，
呆答孩閉口藏舌。
情兒分兒你心裏記者，
病兒痛兒我身上添些。
家兒活兒既是拋撇，
書兒信兒是必休絕，

花兒草兒打聽得風聲，
車兒馬兒我親自來也。

這首曲寫尋常小夫婦話別的情形，雖然不是『執手相看淚眼，竟無語凝咽』那樣悽苦的內心難過；但外貌的刻畫，已將『小婦人』急煎煎的心境活畫出來了。尤其是結尾二語『花兒草兒打聽得風聲，車兒馬兒我親自來也。』描寫潑辣婦人的『醋意』尤堪發噱。西廂記傷離一齣叨叨令雖已先有此種語調，但不如此語的『妙造自然。』又如：

……

他那裏鞍兒馬兒身子兒劣怯，
我這裏眉兒眼兒臉腦兒乜斜。
側着頭叫一聲行者，
擱着淚說一句聽者，
得官時早報箇期程，

準備你丟丟抹抹遠遠的來迎接。

這種句子都是從西廂學來。按庭信折桂令十餘首，第一句皆作『想人生最苦離別，』蓋仿王西廂的草橋店夢鶯鶯之詞。但他的筆致則頗近董解元。按董詞云『最苦是離別，彼此心頭難棄捨。鶯鶯哭得似癡呆臉上啼痕多是血，有千種恩情何處說？』廷信韻調，寧不類此耶！又如：

過了一百五日上墳的日月，
早來到二十四夜祭竈的時節。
寂寂寞寞終歲巴結，
孤孤另另徹夜咨嗟，
歡歡喜喜盼的他回來，
淒淒涼涼老了人也。

本色語說來老實痛快，『淒淒涼涼老了人也，』勝過前人一切『美人遲暮』之作多多了。庭信曲雖是以豪放稱的，但有兩種不同的色彩，一是『奇麗，』二是『豪放，』像前者所舉折桂令可以代表奇麗的一方面。至他豪放的作品，當以醉太平為代表，『怕衣冠束縛，詩酒消磨，三分天色二分過，相人生幾何？』這不是馬派作家們剎那的享樂主義的論調嗎？

第五章　過渡時期的幾位曲家

汪元亨——唐以初——湯　式——劉東生——高　明——朱有燉

散曲到了明初，仍是在不斷的進展，且更呈顯着如火如荼的景象。這時散曲的作家，除了由元入明的汪元亨谷子敬唐以初賈仲明丁野夫湯舜民劉東生諸人尚在盡情地嘔吟外，明朝的皇帝和貴族，也很提倡作曲。明太祖雖起自布衣，却喜琵琶記。著太和正音譜的寧獻王權，製誠齋樂府的周憲王有燉，不但是散曲的提倡者，同時他們自製之曲，也傳唱一時。李夢陽詩云『中山孺子倚新妝，趙女燕姬總擅場；齊唱憲王新樂府，金梁橋外月如霜。』（汴梁元宵絕句）又牛左史恆詩云『唱徹憲王新樂府，不知明月下樊樓。』可以想見當時的盛況了。

汪元亨號雲林，饒州人。元時爲浙江省掾，後徙居常熟。所作雜劇有三種，今存劉晨阮肇桃源洞一種。他的散曲有小隱餘音，和雲林清賞各一卷，已佚，但雍熙樂府載他的散曲至百篇。在這些作品中，其作風大都以豪放見長。如：

憎蒼蠅競血，
惡黑蟻爭穴。
急流中勇退是豪傑，
不因循苟且。
歎烏衣一旦非王謝，
怕靑山兩岸分吳越，
厭紅塵萬丈混龍蛇，
老先生去也。（醉太平歸隱）

此曲不獨有登高遠矚，睥睨一切的氣概；而他的急流勇退，堅決歸隱的態度，實可表現出他獨特的清高的性格。至他的：

問老生掉臂何之？

在雲外青山，

山下茅茨，

向隴首尋梅，

杖頭挑酒，

就驢背吟詩。……（折桂令）

這種休居閑適的氣味，正充分地表現着國家喪亂時代的無可奈何的剎那享樂主義。

唐以初名復，京口人，號冰壺道人。雜劇有陳子春四女爭夫，今佚。散曲水仙子詞意却很奇特。如：

藍橋驛一步步鬼門關，

陽臺路一層層刀劍山，

桃源洞一處處連雲棧，
有情人難上難，
姻緣簿扯做了引魂旛。
波浪起尾生心碎，
雲雨散襄王夢殘，
桃花謝劉阮情慳。（水仙子）

此外尚有徐都相書堂，『伯牙琴，王維畫，文章公子，宰相人家。』又紅繡鞋四首，見於樂府羣珠。

湯式字舜民，號菊莊，寧波人。爲明初散曲十六家之一。雜劇有嬌紅記瑞仙亭二種，散曲有菊莊樂府。他是明初很紅的一位詞客，賈仲明謂『文皇帝在燕邸時，寵遇甚厚，永樂間，恩賚常及，所作樂府套數小令極多，語皆工巧，江湖甚傳之。他的蟾宮曲詠西廂一首，音調別致，情韻悠然，爲曲中重句格俳體之一種，明人施紹莘花影集，馮惟敏海浮詞稿，都有仿此格。施名其調曰『閨怨蟾宮』，馮曰

『四景閨詞，』後來的小曲中仿此者尤多，蔚然成爲一派了。試看湯曲：

冷清清人在西廂，
叫一聲張郎，
罵一聲張郎。
亂紛紛花落東牆，
問一會紅娘，
絮一會紅娘。
枕兒餘，
衾兒剩，
溫一半繡床，
閒一半繡床。
月兒斜，

風兒細，
開一扇紗窗，
掩一扇紗窗。
藹悠悠夢繞高唐，
縈一寸柔腸，
斷一寸柔腸。…………（蟾宮曲）

舜民是曲中的老手能手，圓穩老到，是其特長；但卻沒有怎樣了不得的天才。他的商調望遠行，亦圓穩老到，眞樸渾厚，在明人作品中，決不是嘉隆以後的產物：

杏花風習習暖透窗紗，
眼巴巴顒望他，
不覺的月兒明鐘敲鼓兒撾。
梅香你與我點上銀臺蠟，

將枕被鋪排下。
他若是來時節，
那一會作衙，
玉纖手忙將這俏寃家耳朵掐。
嗏，
實實的那裏行踏？
喬才！
你須索吐一句兒眞實話。

寫嬌潑少婦如見其形，如聞其聲，而造語又是那末樣的圓到，眞可以當得起曲家老手而無愧。至如『樹當軒作翠屏，月到簾爲銀燭……』（南呂一枝花）設色便覺平庸了。

劉東生（生卒未詳）名兌。他是位戲曲家，曾作月下老世間配偶。賈仲明的續錄鬼簿說牠『極爲艷麗，傳誦人口』但此劇現已不存了。他的金童玉女嬌紅記二卷，卻是一部偉作。至於他的散曲，今存也不多，除了陳所聞南宮詞紀（卷三）所存的一套南曲秋懷外像正宮刷子帶芙蓉四時閨怨一套，也是一部佳作。

燕將雛，
逢初夏，
夢斷華胥，
風弄簷馬，
閒扃了刺繡窗紗。
香消寶鴨，
那人在何處貪歡耍，
空辜負沈李浮瓜。
寂寞，

厭池塘鬧蛙。
庭院日長偏憐我，
枕簟上夜涼不見他。
多嬌姹，
愛風流俊雅。
猛倚闌干，
猛思容貌勝荷花。（四時閨怨的山漁燈犯）
漸迤邐寒侵繡榻，
早頃刻雪迷了鴛瓦。
自恨今生分緣寡，
紅爐畔共誰閒話。
晚粧罷，

托香腮悶加，

膽瓶中懶添雪水浸梅花。（四時閨怨的朱奴插芙蓉）

上邊所錄的兩調是『四時閨怨的夏，冬二季。』在春的結句是『黛眉懶畫，髀宮鴉鬢邊斜插小桃花。』在秋的結句是『對西風病容憔悴似黃花。』又如：

疎剌剌一弄兒新聲不斷續，

眞乃是萬籟笙竽。

一年中好景休辜負，

漸看他柳減荷枯。

畫屏般碧雲紅樹，

錦機似綵鴛白鷺。

炎氣浮，

月影脯，

送長天落霞孤鶩。
掃纖塵淨太虛，
見冰輪飛出雲衢。（刮地風）

這也是極蕭疏之趣的句子。

高明（一）（一三一〇？——一三八〇？）字則誠，瑞安人，一云平陽人。元順帝至正五年（一三四五）進士，授處州錄事，後調浙江閫幕都事，轉江西行臺掾，又轉福建行省都事。初方國珍叛，省臣以他是溫州人知海濱事，擇以自從。國珍就撫，欲留置幕下不從，即日解官，旅寓鄞櫟社沈氏，以詞曲自娛。洪武初召修元史，以老病辭。著有琵琶記，柔克齋集。

他在當時所交游皆爲知名士。嘗往來無錫顧阿瑛玉山草堂，阿英選其詩入草堂雅集，稱他

（一）高明見元詩紀事卷十九。

『長才碩學，爲時名流。』他亦有題顧氏景筠堂詞：

綠玉參差傍短楹，
高堂清夢已冥冥。
滿枝只帶湘靈點，
一曲空聽秦鳳鳴。
天莫問物多情，
此君瀟灑若生平。
風聲月色來亭榭，
老淚年來濕幾更。（鷓鴣天）

他亦能詩，晚年所作，極感慨蒼涼之致，如和趙承旨題岳王墓韻：

莫向中原歎黍離，
英雄生死係安危；

內廷不下班師詔，
朔漠全歸大將旗。
父子一門甘伏節，
山河萬里竟分支，
孤臣尙有埋身地，
二帝游魂更可悲。

他這詩也是滿裝載着亡國之恨的。所以陶南村說『讀此詩而不墮淚者幾希。』（輟耕錄）

散套春游云：

杏花梢，
間着梨花雪，
一點點梅豆青小。
流水橋邊，

流水橋邊，
只聽得賣花聲聲頻叫。
鞦韆外
行人道，
粉牆內，
佳人笑，
笑道春光好，
把花籃旋簇食欄高挑。（春游的千秋歲）
倭多嬌，
只顧貪歡笑，
卻不道冷被人瞧。
綠柳陰中，

綠柳陰中，
藏身暗折花枝來到。
低聲問，
奴容貌，
比花貌爭多少？
又被才郎惱，
道花枝勝似奴貌妖嬈。（春游的千秋歲）
鬧花深處，
鬧花深處，
滴溜溜酒旆招。
牡丹亭左側，
尋女伴，

鬥百草。
翠巍巍柳條，
翠巍巍柳條，
見忒楞楞曉鶯兒，
飛過樹梢。
撲簌簌落紅，
舞翩翩粉蝶兒飛過畫橋。
一年景，
四季中，
惟有春光好。
向花前暢飲，
月下歡笑。（春游的越恁好）

如此好句，何減琵琶舊語耶，

繼於汪元亭唐以初湯舜民劉東生高明之後的散曲作家，無疑的寧獻王朱權，周憲王朱有燉是明初散曲壇上的兩顆明星。但朱權所作僅存一部荆釵記傳奇（？）而他所作的散曲，今却未見一篇。至同時其他散曲家，則連姓氏也不曾見之記載，遑論其作品了。所以在宣德到成化的六十年的曲壇，只有朱有燉算是這靜寂如墳墓般曲壇上的號筒。『齊唱憲王新樂府，金梁橋外月如霜。』可知他在當時是一位唯一的曲家了。所以我在這『過渡時期的幾位曲家』一章裏作這樣結論：汪元亭唐以初湯舜民……他們結束了金元兩代的散曲壇；至下開弘治正德，康（海）王（九思）一般人北曲隆盛的先聲，則不能不推朱有燉爲開山祖師。

朱有燉（二）（一三七四　一五四二）他是明周定王橚之長子，太祖之孫，仁宗洪熙元年（一四二五）襲封周王。他博學善書，爲世子時，有東書堂法帖。他遭遇隆平之世，奉藩多暇，留心文藝，尤精馬（致遠）貫（雲石）之學。他所作雜劇有三十一種之多。據我們現在所能看到的亦有二十五種。收在雜劇十段錦，周憲王樂府三種，奢摩他室曲叢二集，盛明雜劇第二集諸書中。他的雜劇的文字，雖不見得怎樣的漂亮，但音調和諧，確是他的特點。列朝詩集謂『誠齋所作，音律諧美，流傳內府，至今中原絃索多用之。』誠然，他在當時朱氏諸王裏，實是一位才華絕代的作家。他的散曲集誠齋樂府二卷（二）曲品評他『色天散聖，樂國飛仙，嗣出天潢，才分月露。』但我們就他現在的作品論之，誠齋曲頗多陳腐的套語，遠不配曲品所許之高華名貴。如：

乘興去雖然美話，
興闌歸亦自由他。
着梢公怎地不嗟呀！

（一）見明史卷一百十六周定王橚傳內。

（二）誠齋樂府有明宣德九年刊本。

忍着飢催去棹，
捱着冷又還家，
把一箇老先生埋怨殺！（紅繡鞋剡溪棹雪）

這只是將王子猷『雪夜訪戴』的一箇普通剌船夫的心理『描寫，』意思既沒有什麼新奇，而字句也不見得渾成，並不是曲的上乘文字。又如一枝花隱居套的一段：

對着這一川殘照波光暝，
兩岸西風樹色明。
看了這山水淸幽足佳興。
醒時節將古人細評，
醉時節就蓬牕將衾裯款捹，
任那鼻息齁齁喚不醒。

又像嘲弟子省悟修道粉蝶兒套的一段：

既得了黍珠般一粒丹，
急將來華池中滿口吞。
這的是神仙自有神仙分，
那其間將你這折柳攀花的方證得本。

這種陳腐的套語，謬誤的思想，實在不見得高明。我常這末想：在中國統制階級的一般人，他一天到晚，心中常轉的是兩個念頭。第一能夠長壽，希望自己活上百歲。長壽還不夠，因爲終究有死的一天。所以第二便想到頂好有不死的辦法。不死只有做神仙，有燉是統制階級的一員，所以他的思想，很可以作爲中國統制階級之思想的代表。所以有燉這一類的作品，雖然是陳腐的，謬誤的，但確是一篇『抓住時代』很重要的文字。至論到他的藝術較高的散曲，還是閨情一首較饒有風致：

湘裙睡損臙脂皺，
非病酒是悲秋。
自從他去了懨懨瘦，

瘦多應腹內愁，
愁翻起鏡裏羞，
羞說起神前咒，
本待要同效綢繆，
誰承望被他僝僽。
空想得病纏身，
恰盼得書在手，
不覺得淚盈眸。
去時說長安赴選，
這其間何處淹留。
火半温串香香，
門半掩燈上上，

簾半捲玉鈎鈎，
蒼樹杳暮雲稠。
紅葉落晚風颼颼，
凄涼光景甚時休。
豈料相思直恁陡，
悔教夫婿覓封侯。（南宮罵玉郎帶感皇恩採茶歌閨情）

此詞凄涼哀怨，婉轉有致，算是一篇好的作品。誠齋樂府中其他調情之作，每都以妓女爲對象，如紅繡鞋贈妓，『性格兒玲瓏剔透，心腸兒款款温柔。』這不啻『爵爺自道，』很可以作爲當時支配階級的寫眞。有燉此外的妓女劇亦有數種，（劉盼春守志香囊怨，李亞仙花酒曲江池，美姻緣風月桃源景，宣平巷劉全兒復落娼，甄月娥春風慶朔堂，蘭紅葉從良烟花夢。）他的詞『花簇香鈎淺浣塵，輕風微露石榴裙。金蓮自是慳三寸，難載盈盈一段春。僊巳去，事猶存，陽臺何處更爲雲。相思携手遊春日，尚帶年時草露痕。』（鷓鴣天紅繡鞋）也滿渲染着頹廢的享樂主義的彩色。

第六章　崑曲未流行前的豪放派

康海——王九思——李開先——常倫——王越——韓邦靖——韓邦奇——楊循吉——王守仁——

馮惟敏

自湯舜民朱有燉『豪麗兩兼』一派之後，到弘治正德間崑曲未起之前，北曲作家，忽又像風起泉湧似地出來了不少，北散曲壇上頓時又呈顯了蓬勃的氣象。在這時的散曲壇上，豪放的淸麗的仍然遠承元代馬致遠張可久兩派，分道揚鑣，而各自集團的向外發展。康（海）王（九思）李（開先）常（倫）……是承繼了馬致遠的豪放一派，至馮惟敏而達於『大成』。陳（鐸）王（磐）唐（寅）張（鍊）……是承繼元張可久的淸麗一派，至沈靑門而極『燦爛』。這兩派的人才濟濟，旗鼓相埒，分霸了南北散曲壇。茲先述康王豪放一派。

康海（一）（一四七五——一五四〇）字德涵，號對山，武功人。他性孝友，親族待而舉火者不可勝數。弘治十五年（一五〇二）狀元及第，授翰林院修撰。他與李夢陽，何景明，徐禎卿，邊貢，朱應登，顧璘，陳沂，鄭善夫，王九思，號十才子。互相倡和，訾議諸先達，忌者頗衆。正德初，劉瑾亂政，以海同鄉，慕其才，欲招致之，海不肯往。會李夢陽以代韓尚書草疏下獄。夢陽急書片紙語海曰『對山救我！』海曰『吾何惜一官，不救李死。』乃謁瑾，瑾大喜爲倒屣應。海因設詭辭說之。瑾意解，明日釋夢陽。後瑾失敗，海坐瑾黨落職爲民，夢陽於時卻不一援手，故他作東郭先生誤救中山狼雜劇以譏夢陽。（明清人如何元朗朱竹垞王阮亭皆云馬中錫作）觀劇末有『俺只索含悲忍氣，從今後見機莫癡。呀，把這負心的中山狼做傍州例』悻悻之意，猶在字裏行間。按對山集也有讀中山狼傳詩云『平生愛物未籌量，那記當年救此狼』則此傳爲刺夢陽無疑了。他本是箇豪放不羈的人才，經過這次

（一）康海見明史卷二百八十六文苑二。

的挫折，所以使益發放浪起來了。蝸亭雜訂敍他坐廢後的生活道：

康德涵既罷免，以山水聲伎自娛，間作樂府小令，使二青衣歌以侑觴，遊於四方。停驂命酒，自歌其曲。嘗生日邀名伎百人爲百年會，酒闌，各書小令一闋，命送諸王邸，曰『此差勝錦纏頭也。』

又四友齋叢說云：

對山嘗與伎女同跨一蹇驢，令從人齎琵琶自隨，遊行道中，傲然不屑。……

列朝詩集也曾記道

德涵既罷免，以山水聲伎自娛。……西登吳嶽，北陟懷嶁，南訪經台，東至太華，中條。停驂命酒。歌其所製感慨之詞，飄飄然輒欲仙去。

從這些記載中都可以看出對山放逐後的生活來。『塞翁失馬，焉知非福，』對山雖未能在政治上有所建樹，但因爲他盡情地『談讌徵歌，度曲自娛，』反因此成了明代有數的曲家，實開一代豪放曲的風氣，這眞是一件有趣的事情。涵德又善琵琶，藝苑卮言云：

德涵既罷官，居鄠杜。葛巾野服，自隱聲酒，時有楊侍郎廷儀者，少師之弟，以使事過康，康故契分不薄，大喜，置酒至醉，自彈琵琶，唱新詞爲壽，楊徐謂家兄恆相念君，但得一書，吾爲道地史局。語未畢，康大怒，罵若伶人我耶，手琵琶擊之，胡床迸碎，楊踉蹌走免，康遂入口咄咄，更不相見。（焦循劇說卷三引）

這都是對山放逐後，憤懣不平，佯狂恣肆的反常的心理的表現。讀他的『眞箇是不精不細醜行藏，怪不得沒頭沒腦受災殃。從今後花底朝朝醉，人間事事忘。』『但把丹心自繫牢，管甚麼零煎細炒。』『了不了生前債，教我心上黃連苦自捱，卻似鎖上門兒推不開。』憤懣之氣，無可奈何，論者原其心而悲其意。他雖位至翰苑，但歿後家無長物，只腰鼓多至三百副；他這種爲藝術而犧牲的精神，明一代能有幾人呢！

他的散曲集有沜東樂府二卷，（一卷小令，二卷套數）補遺一卷。(一)約存小令二百數十首，

(一) 沜東樂府有明嘉靖三年刊本，有散曲叢刊本。

套數三十餘首。因爲作者身世和個性的關係，在他的沜東樂府中，大部分不出憤世與樂閑的兩種，而其作風則都是豪放的。如：

數年前也放狂，
這幾日全無況。
閑中件件思，
暗裏般般量。
眞箇是不精不細醜行藏，
怪不得沒頭腦受災殃。
從今後花底朝朝醉，
人間事事忘。
剛方，
溪落了膺和滂。

荒唐，
周全了籍與康。（雁兒落帶得勝令飲中閑詠）

又如：

二十年老將壇
幾百載興亡歎。
途窮笑阮郎，
避盜悲王粲（同上，懷敬夫）

像這些句子，都可看出他滿肚子的牢騷所迸放出來的憤懣不平的呼聲。他這一類粗豪自恣獨立岡頭氣概的作品，在他的集中俯拾卽是。又如：

雖是窮，
煞英雄，
長嘯一聲天地空。

祿享千鍾，
位至三公，
半霎過簷風。
馬兒上纔會崢嶸，
局兒裏早被牢籠。
青山排戶闥，
綠樹繞垣墉。
風，
蕭灑明月中。（塞兒令漫興之三）

又如：

天應醉，
地豈迷，

青霄白日風雷厲。
昌時盛世奸諛蔽，
忠臣孝子難存立。
朱雲未斬佞人頭，
禰衡休使英雄氣。（寄生草讀史有感）

他的豪放一類的例子太多了，『披頭跳足有餘歡，吟風弄月情何倦。』他是這樣的疏狂，這樣的寄情於淒迷的風月之下，我們如果相信『藝術是生活的反映』的話，那末浙東樂府中當然是多豪放一類的曲了。至他閑適的例如：

天空霧掃，
雲淡雨散，
水漲波潮，
園林．帶青如掉，

山水周遭。
點玉池新花乍小，
照丹霄晴日初高。
兩件兒休支調，
雞肥酒好，
宜醉濟西郊。（滿庭芳遣興）

又如：

西溪問圃，
南山漫興，
北海携壺。
無榮無辱閒人物，
趣遠心疎。

旋打魚呼童旋煑，
作成詩課子行書。
醉了忘歸路，
便便舞舞，
不怕執金吾。（滿庭芳沂東自飲作）
南畝田，
北溪園，
荷鋤帶簑心身便。
晚照晴原，
翠竹鳴泉，
隨處儘堪憐。
喜山妻釀酒能甜，

愛癡兒誦曲成篇。
也不須紅袖舞，
也不索大官筵。
仙，
快樂任年年。（寨兒令漫興）

以上所論。乃對山沜東樂府內『憤世』與『樂閑』兩種曲子。茲更論對山在明代散曲壇上的地位。任中敏對對山曾有這樣的論調，他說『沜東樂府用本色爲豪放，擺脫明初闒茸之習，力爲振拔，有功於明代散曲之作風不少。惟貪多務博，殊欠剪裁，是其一失。用俗之處，往往爲俗所累，元人衣鉢，未盡眞傳，是其二失。其中極熱極怨，而表面以解脫之語蓋之，其志趣並非眞正恬淡，根本有異於元賢，是其三失。此三失雖不必獨集康氏一身，而康氏實啓此派之咎；王九思李開先輩應分任其咎者也。』（散曲概論卷二）任氏這種評論，頗能洞中肯綮。至如明王世貞王伯良的『康王優劣論，』乃『駢拇指枝』矣。

王九思(一)(一四六八——一五五一)字敬夫，號渼陂，鄠人。弘治九年(一四九六)進士，由庶吉士授檢討，尋調吏部郎中。劉瑾敗，他與康海同爲瑾黨，謫壽州同知。繼復被論勒致仕。他與康海同里同官，同以瑾黨廢，每相聚沜東鄠杜間，挾聲伎酣飲，製樂造歌曲，自比俳優，以寄其怫鬱。他的雜劇有杜子美沽酒遊春，據說敬夫作此劇是譏當時宰相李西涯的。蝸亭雜錄曾敍此事道：

長沙(李西涯)當國時，王九思以少年屏斥，永錮不用，無所發怒，作杜甫遊春雜劇，力詆西涯，流傳關隴，羣相附和，嘉靖初纂修實錄，議起用九思，有言於朝曰『遊春記李林甫固指李西涯，楊國忠得非石齋，賈婆婆得非南塢耶。』吏部聞之，縮舌而止。

於是敬夫遂從此不復登政治舞臺，便與康對山談讌，徵歌度曲以終其身了。他在當時亦有詩名，與李夢陽何景明康海徐禎卿邊貢王廷相稱七才子。他又能詞，有渼陂集，續集十九卷。他的蝶戀

(一)王九思見明史卷二百八十六文苑二。

花夏日一闋，可以看出他清閒的生活來：

門外長槐窗外竹，
槐竹陰森，
遶屋重重綠。
人在綠陰深處宿
午風枕簟涼如沐。
樹底轆轤聲斷續，
短夢驚回，
石鼎茶方熟。
笑對碧山歌一曲，
紅塵不到人間屋。

他的散曲有碧山樂府一卷，碧山拾遺一卷，碧山續稿一卷，（一）約存小令百數十首，套數十餘首。四庫全書總目曾評碧山樂府道：

九思酷好音律，嘗傾貲購樂工，學琵琶，得其神解。是編所選，大半依弦索越調而代犯之，合拍頗善。又明人小令，多以艷麗擅長，九思獨敍事抒情，宛轉妥協，不失元人遺意。其於塡曲之四聲，雜以帶字，不失尺寸，可謂聲音文字，兼擅其勝……

王世貞也甚重九思曲。他說『其秀麗雄爽，康大不如也。評者以爲敬夫聲價，不在關漢卿馬東籬下。』（藝苑卮言）實則九思之曲，鬆懈者多，精整者少，粗豪者多，清逸者少。既無漢卿的淸麗，復慚東籬的豪逸。但充其量亦不過馬九皐張養浩之流，元美之評，勿乃過情之論！試看他的：

一拳打脫鳳凰籠，
兩脚蹬開虎豹叢，
單身撞出麒麟洞。

（一）碧山樂府有明嘉靖十二年刊本。

望東華人亂擁，
紫羅襴老盡英雄。
參詳破邯鄲一夢，
歎息殺商山四翁，
思量起華嶽三峯。（水仙子帶折桂令）

像敬夫此類詞，驟看之未嘗不氣勢浩蕩，虎虎有生氣，但立刻便顯出他是『有意做作』了。一起三語，王世貞雖然說是敬夫的『雄爽』處，但元人的豪放並不是『一拳打脫，兩脚蹬開』一類粗獷之語所能盡。研究元明散曲者，更應當於此等處加之意。至他的套數中的：

暗想東華，
五夜清霜寒駐馬。
尋思別駕，
一天風雪曉排衙。

路危常與虎狼狎，
命乖卻被兒曹罵。
到如今誰管咱，
葫蘆一任閒玩耍。（新水令歸興的駙馬聽）

又如：

露赤脚山巔水涯，
科白頭柳堰桃峽。
戴甚麼折角巾，
結甚麼狂生襪，
得濟閒不說榮華。
提起封侯幾萬家，
把一個薄福的先生笑煞。（歸興的沉醉東風）

這首散套王世貞曾許爲『軒爽』之作，但也不過是『貌爲豪放，自誇恬退』而已。這並不是他的上乘文字。到是像：

紫泥封不要淡文章，
白糯酒偏要小肚腸，
碧山翁有甚高名望？
也只是樂昇平不妄想。
聽瀯纓一曲滄浪，
瞻北闕心還壯；
對南山興轉狂，
地久天長。（水仙子）

這曲恬靜閒雅，如涱可久的『淡文章不到紫微郎』一首，堪稱碧山集最高的曲子。『自有高名垂後世，碧山豈是淡文章。』（盧冀野論曲絕句）這到是他的代表作了。

李開先（一）（一五〇一——一五六八）字伯華，號中麓，章邱人。嘉靖己丑（一五二九）進士，除戶部主事，改吏部，歷員外郎中，擢太常寺少卿，提督四夷館，年四十罷歸。他與王愼中唐順之熊過陳東任瀚趙時春呂高諸人，號稱『嘉靖八才子』，然他不甚爭時名，獨孜孜於當時不甚爭時名的詞曲之業。他有中麓閒居集十二卷。他的戲曲有園林午夢（雜劇）寶劍記，斷髮記（傳奇）更有詞謔及巧對等通俗讀物。他喜藏書，甲於齊東，而詞曲尤爲最富，有『詞山曲海』之稱，他嘗有詩云『豈但三車富，還過萬卷餘。』又云『借鈔先館閣博覽及瞿曇。』海嶽靈秀集嘗論他道：

中麓積書好客，豪宕不羈，著作甚富，如貔貅縱橫，江海泛濫，一韻百篇，蓋白樂天之流也。……

他與康海王九思亦甚交好，與九思尤善，並有南曲次韻的唱和，這時九思大約是七八十的老

（一）李開先見明史卷二百八十七文苑三。又見濟南府志卷四十九人物五。

人了。

錢謙益的列朝詩集說：

伯華弱冠登朝，奉使銀夏，訪康德涵王敬夫於武功鄠杜之間，賦詩度曲，引滿稱壽，二公恨相見晚也。罷歸，置田產，蓄聲妓，徵歌度曲，爲新聲小令，搊彈放歌，自謂馬東籬張小山無以過也。爲文一篇輒萬言，詩一韻輒百首，不循格律，詼諧調笑，信手放筆。所著詞多於文，文多於詩。又改定元人傳奇樂府數百卷，蒐集市井艷詞，詩禪對聯之屬。多流俗瑣碎，士大夫所不道者。嘗謂古來才士，不得乘時枋用，非以樂事繫其心，往往發狂病死，今借此以坐銷歲月，暗老豪傑耳。

他的散曲有中麓樂府，中麓小令，及與王九思唱和之南曲次韻一卷，（一）但這些書今都不能全看到。惟就他現在所存的曲看來，也是很豪放的。如：

雨絲絲，

（一）南曲次韻有嘉靖三十年刊本。

衝風躍馬欲何之？
閒遊正喜風吹袂，
況有雨催詩。
休圖雲裏栽紅杏，
好向山中覓紫芝。
磨而不磷，
涅而不緇，
得隨時處且隨時。（傍妝臺）

又如：

曲參參，
一輪殘月照邊關。
恨來口吸盡黃河水，

拳打碎賀蘭山。
鐵衣披雪渾身濕，
寶劍飛霜撲面寒。
驅兵去，
破虜還，
得偷閒處且偷閒。（傍妝臺）

此詞慷慨奮發，其騰跳奔放的情緒，正是康王的同調。這在李曲中總算是他的最好篇什。李氏諸曲，現都不存，我們所看到的，只有傍妝臺百闋了。王九思碧山樂府後附南曲次韻，即李氏撰傍妝臺百闋。王氏序謂『李作感憤激烈，有正有謔，洋洋盈耳。』實則李曲除『雨絲絲』『曲參參』數首外，多乏剪裁，冗長拖沓。所以明王世貞王伯良對之都有貶詞。『祗他百闋妝臺句，參半瑕瑜沒主張。』（盧冀野論李曲語）到是公允之言。

常倫（一四九二——一五二五）字明卿，號樓居，沁水人。正德辛未（一五一一）進士，除大理寺評事，嘉靖時，以忤上官謫壽州州判，遷知寧羌州，尋罷官歸。明卿多力善射，好酒使氣，他自己也曾自道：

少好游俠，談兵擊劍，有古豪士風。甫弱冠則折節讀書，好治百家言，尤邃黃老。（樓居先生傳贊）

他的性格是那末樣一位疏狂的人。他自罷官後，益縱酒自放，居恆從歌伎，酒間變新聲，悲淒艷麗，稱其爲人嘗省墓飲大醉，衣紅，腰雙刀，馳馬塵絕，馬渴赴飲，顧見水中影，驚蹶墜水，刃出於腹潰腸死，年僅三十有四。他的散曲有常評事寫情集二卷（一）附嘉靖刊本常評事集後。約存小令百數十首，套數九首。四庫總目常評事集下，曾有這樣的評論：

……王世貞謂其詩如沙苑兒駒，驕嘶自賞，未諳步驟。陳子龍則謂其氣骨高朗，頗

（一）常評事寫情集附嘉靖刊本常評事集後。

能自運。今觀是編，合二人之論，乃爲定評。國朝王士禎分甘餘話云：明詩人有早慧而年不得四十者，如陳后岡，董中鋒與明卿之屬，汗血方新，而筋骨未就，秀而不實，殊可惜也。

他的作品因爲作者的性格和嗜好的關係，作風多屬於豪放的，詩如此，散曲也然，即他的文賦也何嘗不如此。我們先看他的一首詩，再來專論他的散曲。

覊步局重城，
流觀狹四野，
高高見西山，
鄉愁冀傾寫。
天際望不極，
延佇一瀟灑。
落葉歸故根，

山雲滿楸櫝。
無情倘有適，
何以慰離者。（望山有懷故人）

這首詩還不算豪逸嗎？『流觀狹四野，』明卿是怎樣一位胸襟灑落的人，這種豪逸的作風，在他的散曲中更易看得出來。如：

悶葫蘆一摔一箇碎，
臭皮囊一挫一箇蟬蛻，
雅兒守定兎窠中睡。
曲江邊混一回，
鵲橋邊擂一回，
來來往往無酒也三分醉。
空攢下箇銅斗兒家緣也，

單買那明珠大似椎。
恢恢，
試問青天我是誰，
飛飛，
上的青霄咱讓誰。（山坡羊第四首）

又如：

知音就是知心，
何拘朝市山林，
去住一身誰禁。
杖藜一任，
相思便去相尋。（天淨紗）

像這些曲子都是豪放恣肆之作；亦憤慨，亦解脫；若顛若狂，的是明卿一生行徑。王世貞謂『雖詞氣豪逸，亦未當家，』不是公允之論。他的散曲，除了這類豪放的例子，尤喜言超入世的神仙。如：

尋尋尋偃月爐，
降降降袖裹青蛇膽氣粗。
將將將十月嬰孩，
下下下千重土。……
笑從前奔走紅塵路，
被些娘名利胡擔誤，
罷罷罷歸去也舊蓬壺。（回首蓬壺的古水仙子）

這一類言神仙的作品，在他的集中除二三曲外，多不見怎樣的出色。到是豪放一類的曲子，有許多佳構。總之明卿是一位有才情的少年，然而生不逢時，反爲世所詬病。『造物忌才，』遂使他走上了與康海王九思的一條路，『直率的疏放，盡情的享樂。』看他『平生好肥馬輕裘，老也疎狂，死也風流，不離金尊，常携紅袖。』（折桂令）他是那末大膽的絕叫着刹那的享樂主義。

王越(一)(一四二三——一四九八)字世昌,濬縣人。景泰辛未(一四五一)進士。天順中官右副都御史,巡撫大同,進兵部尚書。論出塞功封威寧伯,尋加少保,贈太傅,謚襄敏。他有雲山老嬾集四卷。(詞附)他在當時是一位政治家,而兼文學家。他的性情明史曾有這樣一段故事:

性故豪縱,嘗西行謁秦王,王開筵奏妓,越語王『下官爲王吠犬久矣,寧無以相酧者。』因盡乞其妓女以歸。一夕大雪,方圍爐飲,諸妓擁琵琶侍,一小校詗敵還,陳敵情未竟,越大喜,酌金巵飲之,命彈琵琶侑酒,即以金巵賜之。語畢益喜,指妓絕麗者目之曰『若得此何如?』校惶恐謝。越大笑,立予之。……

他是那末樣的豪縱,所以他的詩詞也是豪放的。詩如『髮爲胡笳吹作雪,心因烽火煉成丹。』極感慨悲涼之至。他的詞也然。像:

(一) 王越見明史卷一百七十,明詞綜卷二。

遠水接天浮，
渺渺扁舟。
去時花雨送春愁，
今日歸來黃葉鬧，
又是深秋。
聚散兩悠悠，
白了人頭。
片帆飛影下中流，
載得古今多少恨，
都付沙鷗。（浪淘沙）

他的散曲雖流傳不多，但就這少數的作品看，可知他的作風，也是康王的同調。——『粗豪震蕩如其人。』像：

萬古千秋，
一場閒話，
說英雄都是假。
你就笑我剌厤，
你休說我哈沓，
我做箇沒用的神仙吧。（朝天子）

在當時以『名公巨卿』而寫作散曲者，除王越外『北調如李空同，王浚川，何粹夫，何太華，許少華，韓苑洛，俱有樂府而未之盡見。』（王世貞語）堯山堂外紀又載有林粹夫醉中戲作云『勝水名山和我好，每日家相玩笑。人情下苑花，世事襄陽炮，霎時間虛飄飄都過了。』（淸江引）粹夫名廷玉，號南澗，侯官人。

韓邦靖（二）（一四八八——一五二三）字汝度，號五泉，朝邑人。年十四舉於鄉，正德戊辰（一五〇八）進士。除工部員外，以直言繫錦衣獄，奪官。世宗即位，起山西右參政，分守大同，歲饑人相食，奏請發帑不許，復抗疏千餘言不報，乞歸，不待命輒行，軍民遮道泣留，抵家病卒，年三十六。有韓五泉集二卷，附錄二卷。弟邦奇（一四九七——一五五五）字汝節，號苑洛，並以曲名。他們所作並見堯山堂外紀卷九十。四庫總目嘗評五泉詩集云：

邦靖兄弟負重名，時有『關中二韓』之目，而詩則不出當日之風氣。王九思云：『五泉子七言絕句詩，絕類少陵古歌詞，浸淫唐初，逼漢魏矣。』標牓之詞，未免溢美。朱彝尊靜志居詩話云『五泉心摹手追乃在大復，比於西原南冷不足，方之孟有渥李嵩渚似勝一籌。』斯爲平允之論矣。

五泉的曲，今所傳不多，然就他現存的諸曲看他的作風，也不出『樂閑』與『豪放』，正是康王的同調。如：

（一）韓邦靖邦奇見明史卷二百一。

肯排山南山北偃，
肯到海東海西翻。
我如今心兒裏不緊，
意兒裏有些懶。
如今一箇箇平步上青天，
一箇箇日日近龍顔。
青山綠水，
且讓我閒遊玩；
明月淸風，
你要忙時我要閒。
嚴潭，

你會釣魚，
誰不會把竿；
陳摶，
你會睡時誰不會眠。（山坡羊，書驛壁）

像這種『樂閑』與『豪放』的情調也大概是無可奈何故作恬淡罷！他的弟弟苑洛，嘗作邦靖行狀，末云『恨無才如司馬子長關漢卿者以傳其行，』以漢卿比肩子長，苑洛蓋也醉心於曲者。

楊循吉（一）（一四五六——一五四四）字君謙，吳縣人。性好山水，居於南峯，因自號南峯山人，成化二十年（一四八四）進士，授禮部主事。善病好讀書，每得意，手足蹈掉不能自禁，用是得顚主事名。弘治初奏乞改教不許，遂請致仕歸年纔三十有一。結廬支硎山下，課讀經史，旁通內典。他性

（一）楊循吉見明史卷二百八十六文苑二，明詞綜卷二。

猾險，好持人短長，又好以學問窮人；致頰赤不顧。武宗駐蹕南都，因伶人臧賢召賦打虎曲稱旨，易武人裝，日侍御前爲樂府小令，帝以俳優蓄之，不授官，他以爲恥，閱九月辭歸。他晚歲落寞，益堅癖自好，尙書顧璘道吳，以幣贄促膝論文歡甚，俄郡守邀璘，璘將赴之，他忽變色，驅之出，擲還其幣，明日璘往謝，閉門不納，卒年八十九歲。他的詩文，有松籌堂集及南峯逸稿。他性最嗜書，所藏十餘萬卷。旣老，散書於親故云，『令蕩子爨婦無復着手。』他有題書廚詩云：

自我始爲士，
家無一簡編，
辛勤二十載，
購求心頗專。……
經史及子集，
一一義貫穿。
當怒讀則喜，

當病讀則痊。
恃此用爲命，
縱橫堆滿前。……

又抄書詩云：

沈疾已在躬，
嗜書猶不廢；
每聞有奇籍，
多方必羅致。
手錄兼貿人，
恆輟衣食費。
往來繞案行，
點書勞指視。

成編亦艱難，

把玩自珍貴。……

這些都可見他褊狹的心情，奇特的嗜好來。『文藝是生活的反映，』所以他的作品都滿渲染着很濃厚的頹廢的色彩。紀昀說他『任誕不羈，故其詞往往近俳。』（四庫總目別集類）到是很對的。他罷官歸，嘗作曲云：

歸來重想舊生涯，
瀟灑柴桑處士家。
草庵兒不用高和大，
會清標豈在繁華。
紙糊窗，
柏木榻，
掛一幅單條畫，

借一枝得意花。
自燒香，
童子煎茶。（水仙子）

又如：

百歲霎時過，
不飲待如何？
枉自將春蹉，
桃花笑人空數朵。……（對玉環帶清江引遣懷）

這種刹那的享樂主義的論調，在明代一般失意的士大夫階級中是普遍的現象。他們雖貌爲恬淡，其實是不能安於寂寞的。

王守仁㈠（一四七二——一五二八）字伯安，餘姚人。母娠十四月而生，祖母夢神人自雲中送兒，因名雲。五歲不能言，異人拊之，更名守仁，乃言。十五歲訪客居庸山海關，時闌出塞，縱觀山川形勢，學大進。好談兵，善射，登弘治十二年（一四九九）進士，授刑部主事。正德初以論救言官戴銑等忤劉瑾，杖闕下，謫貴州龍場驛丞。龍場萬山叢薄，苗猺雜居，因俗化導，夷人喜相率。瑾誅，移廬陵知縣。累擢右僉都御史，巡撫南贛，平大帽山諸賊，定宸濠之亂。世宗時封新建伯，總督兩廣，破斷藤峽賊。明世文臣用兵沒有及他的。卒謚文成。他在明代確是位特出的人。他的古文和詩都佔着第一流的地位。他頗不欲以文人自居，他嘗說『學如韓柳，不過文人，辭如李杜，不過詩人。惟志心性之學，以顏閔為期者，乃人間第一等德業也。』然而他的詩文是可以自成一家的。他的散曲的作風是豪放的。像南宮詞紀所載的一篇歸隱（雙調步步嬌套）卻是那樣不平常的，赤裸裸的謾罵。

亂紛紛鴉鳴鵲噪，
惡狠狠豺狼當道。

（一）王守仁見明史卷一百九十五。

冗費竭民膏，
怎忍見人離散！
舉疾首蹙額相告。
簪笏滿朝，
干戈載道，
等閒問把山河動搖。（歸隱的沉醉東風）

他爲了憤懣而退隱，卻卽退隱了，也還是滿懷的不忍人之心；這覺不是康（海）王（九思）一流的貌爲恬退而實則是熱中的。如：

脫下了團花戰袍，
解下了龍泉寶刀，
卸下了朝簪烏帽，
布袍上繫麻縧，

把漁鼓簡兒敲。（歸隱的園林好）

他歸隱之後，看他過的怎樣一種生活：

深山坳，
悄沒個閒人來聒噪。
跨青溪獨木橋，
小小的茅庵蓋着。
種青松與碧桃，
採山花與藥苗。（歸隱的川撥掉）
賞春時花籐小橋，
納涼時紅蓮短棹，
稻登場雞豚蟹螯，
雪霜寒純綿布袍。

四時佳景恣歡笑，
也強如玉扇番營，
玉珮趨朝。
溪堪釣，
山可樵，
人間自有蓬萊島。
何須用，
何須用，
樓船綵轎。
山林下，
山林下，
儘可逍遥。（歸隱的撥水令）

這都可以看出陽明先生清高的人格來。

馮惟敏（一五一一——約一五八〇）字汝行，號海浮，臨朐人。嘉靖十六年（一五三七）舉人。他與兄惟健惟訥，少即以詩文名齊魯間。嘉靖壬戌（一五六二）官淶水知縣。這是他第一次的登政治舞臺。他的散套正宮端正好邑齋初度自述，曾有小序道：

> 余始試邑於淶，重以祿不逮親爲憾。不攜家累，祇一童自隨。杪秋初度，壺漿奠獻之餘，舉觴致語，自祝心切，感慕不釋，命筆塡詞，至三煞，潸然淚下不可止。童竊覘之，後傳於山中，只謂思鄉然耳。……

這年早春他又與啞窗絨的著者沈靑門相晤於濟垣。（新水令訪沈靑門乞書）後三年嘉靖乙丑（一五六五）解淶水縣事，自以『陳簡不堪臨民文雅獨足訓士』（點絳脣改官謝恩序語）遂攝鎮江教事。曾有這樣的語：

> 欽承明詔，

縣郎新改郡文學，
　千程萬里，
　仕路千條。
常言道今日不知明日事，
俺怎肯這山望見那山高。
脫離了簿書期會，
穰穰勞勞。
樂得些英才教育，
擺擺搖搖。
再休提徒流笞杖，
鬧鬧抄抄。
單守着詩書禮樂，

寂寂寥寥。……（改官謝恩的混江龍）

這豈是康王的故作恬退呢。後二年穆宗隆慶丁卯（一五六七）應滇闈之聘。但旋復歸鎮江。隆慶己巳（一五六九）改任保定通判，這時他已是將近六十的老人了。他有點絳脣郡廳自壽小序云：

己巳菊月，余至保定。越半年矣，每念桑梓在東齊，而余又西來。余弟治江南，而侄領北縣，或遠或近，均莫之聚也。……

隆慶辛未（一五七一）他量移東歸，擢魯士師。（海浮集有辛未量移東歸四首）又他的散套仙呂點絳脣量移東歸述喜小序：

是年春，余弟得旨東歸，余是以有雄州之會，相將同隱南山中，弟不可曰，不告而去非禮也。余曰告則不得去，余既屢告之矣，乞不得請奈何！弟曰姑徐之，或有擢也。至是擢『魯士師』，遂行。

他隆慶壬申（一五七二）便歸田不仕，癸酉（一五七三）作集賢賓歸田自壽，他已是六十三歲的老翁了。海浮雖然做了十年官，但他並不得志，尤其他在保定通判任，貧病交迫，時有『秋風蒓鱸』之思。加以位卑人輕，而上司又是那末樣的作威作福，他這時眞是苦惱極了。他的散套中呂粉蝶兒辭縣署印曾有這樣的序：

郡齋後室，病臥煖榻，蘧然午夢未足。方在山中，曠若無營也。忽喧傳郡丞陳大夫到廳上，聲勢甚厲，余謝不任倒屣之罪，呼兒出捧茗椀授之，將命者，反命云，善視印在也，殿木殭，肌鷄膚，慄慄若風雨之驟至，兒問余寒乎？亟析薪，噓燃之，納榻底，余乃喜，附煖熟眠，暮而醒，竟不問印所在；徐聽無人聲，印出矣。

海浮本是一位志氣豪邁的人，他怎忍受這樣的熬煎，『諕的我魄散在雲端，魂飛在天外。』他在勢力場中隨波沉溺，可憐已極；於是他不得不效陶淵明『歸去來』了。他的朝元歌述懷敘他歸田後的生活道：

到處裏追歡行樂，
山童歌舞着，

拍手笑呵呵。
帽插岩花，
酒斟江糯，
慢把風騷酬和。
信口開河，
新詩小詞積漸多。
烏兔走如飛，
都將今古磨。
隨緣且過，
權當做東山高臥。（述懷之三）
也不管花開花落。
年年一短蓑，……

煙村幾家趁碧波，
喜聽採蓮歌，
山花賽綺羅。………（述懷之四）

陳田的明詩紀事裏曾記載海浮居處的勝概：

海浮山在臨朐縣南二十五里，石青色，無寸土，上有古松數百株，下野生迎春，花時望若金。嶺下卽海浮先生別業，危樓三楹，額曰憑襟，取水經酈注語也。左右古木千章，修竹數十畝，干霄蔽日，夏不知暑。舊署杜句爲聯云『名園依綠水，野竹上青霄。』可謂切矣。北臨治源，一名熏治水，發源山之西麓治官祠下，匯爲巨浸，大百頃，淵深渟泓，游鱗可數，中產鯽魚最美，客至主人舉網爲膾。………

他著有海浮山堂詞稿（一）四卷。（一卷套曲，二卷歸田小令，三卷擊節餘音小令，四卷附錄套

（一）海浮山堂詞稿有嘉靖四十五年刊本，有散曲叢刊本。

曲，）共存套數五十首左右，小令幾四百首。他又有玉殿傳臚雜劇，及僧尼共犯傳奇。他的散曲最有生氣，最有魄力，爲明曲中僅有的豪放作家。如以詞爲喻，他頗似詞中的辛棄疾。康王之作，雖然也是號稱豪放派的行家，但他們的曲，多少帶些做作，憤世樂閑，貌爲恬退，實則他們並不安心寂寞的。海浮則不然，他的曲也怨憤，也樂閑，但怨憤索性將全部怨憤痛快地說出來。即樂閑也是由於衷心之語；且其才情之橫溢，筆鋒之犀利，無往而不見其豪邁之氣。例如：

論形容合不着公卿相，
看丰標也沒箇搊搜樣，
量衙門又省了交盤賬，
告尊官便准俺歸休狀。
廣開方便門，
大展包容量，
換春衣直走到東山上。（塞鴻秋，乞休）

這首曲也豪辣也閑靜，又毫無『一拳打脫，兩脚蹬開』的乖張粗獷之氣。且結語『換春衣直走到東山上』一句緊得剛好，有風起雲從水流花逐之妙。又如：

邀的是試春遊張曲江，
訪的是耽病酒陶元亮，
行的是快吟詩唐翰林，
坐的是會射策江都相。
呀！
這的是白雲明月謝家莊，
抵多少秋風野草鎮邊堂。
你祇待平開了西土標名字，
俺祇待高臥在東山入醉鄉。
周郎，

耳聽着六律情偏暢。

馮唐，

身歷了三朝老更狂。（雁兒落帶得勝令，謝友枉駕）

像以上兩首，都可看出馮曲豪放的作風。至他的『閑適』一類的曲，像：

每日價，

竹邊，

水邊，

作盤桓。

對芳樽數轉嬌鶯勸，

插綸巾一朵野花鮮，

採瑤芝幾箇幽人件。（新水令憶弟在秦州的七弟兄）

茅簷燕疊合，

柳色鶯穿破，
問山妻新投濁酒如何？
疎籬半缺遊絲過，
片月斜沉花影拖。
新來瘦詩魔酒魔，
俺只待樂醄醄不離懶雲窩。（玉芙蓉山居雜詠）
疎懶閑掛羽扇綸巾，
北窗高臥常蓬鬢，
洞口尋雲不抱琴，
盤桓處松陰竹陰。（山居雜詠）

馮海浮曲於豪放閑適之中而寓滑稽，別有風趣的，如河西六娘子笑園六詠：

問道先生笑什麼？

笑的我一仰一合，
時人不識余心樂。
呀，
兩脚跳梭梭，
拍手笑呵呵，
風月無邊好快活。

以勸誡爲主的作品，往往流於陳腐或板滯，如昔人誡子詩之類。海浮集中有醉太平家訓兩首，生動警切，了無可厭的道學氣，這是海浮的『創作。』如：

勸哥哥休歹，
把兩眼睜開，
一遭一報一齊來？
見如今天矮。

人人心地藏毒害，
家家事業多成敗，
時時局面有興衰，
到頭來怎解？（醉太平）
勸哥哥學好，
休捨命貪饕，
聰明伶俐莫心高，
只隨緣便了。
抹了臉遮不盡旁人笑，
腫了手拿不盡他人鈔，
放倒身吃不盡小人敲，
怎回頭自保。（醉太平）

至海浮寫情之作，其集中也不少佳作。如：

寃家心變，

這些時誰家鬼纏，

打聽的有箇眞實，

我和他兩命難全！

神靈鑒察誓盟言，

不叫寃家只叫天。（玉抱肚）

用本色語寫來也非常眞摯。至蘊藉的例，如：

月缺重門靜，

更殘五夜永，

手托芙蓉面，

背立梧桐影。

瘦損伶打，
越端相越孤另。
抽身轉入，
轉入房櫳冷。
又一箇畫影圖形，
半明不滅燈。
燈，
花燭杳無憑，
一似靈鵲兒虛囂，
喜蛛兒不志誠。（月兒高閨情）

又如：

想像仙姿，

秋水芙蓉第一枝。
天然標格，
改樣風流，
分外清奇。
腰肢輕裊海棠絲，
鬢鬟半軃秋蟬翅。
花開風亂吹，
花落春又歸，
搵不住看花淚。
嗏，
何處視仙姿？
自傷悲，

盡日忘餐，

長夜難成寐，

一日相思十二時。（倚馬待風雲悼琴仙）

像這首曲的『花開風亂吹』三句，何等悽惋，放在南詞柔倩一派中，也是當行。沈德潛論蘇東坡詩，謂胸有洪鑪，金銀鉛錫，皆歸其鎔鑄，這段話很可拿來批評馮曲。『雲莊疏放海翁豪，曾國詞人氣骨高。』（盧冀野論曲絕句）向來論曲者都是只賞海浮的『豪邁』，但我們看月兒高倚馬待風雲諸曲，情調宛轉，風流蘊藉，確能傳元人張可久一派敷粉作色鉤勒點染之祕，孰謂海浮只解作豪語耶！

第七章 崑曲未流行前的清麗派

王磐——王田——金鑾——楊廷和——楊愼夫婦——唐寅——祝允明——陳鐸——陳所聞——夏言——沈仕

在崑曲未起來以前的散曲壇上，是爲康（海）王（九思）馮（惟敏）的豪放派，和王（磐）金（鑾）沈（仕）的清麗派所霸佔着。關於豪放的一派，在上章已詳細論述過，茲專論清麗一派。在這一派之中，以王金的筆墨最爲整飭。張鍊雖然是康對山的外甥，但他的雙溪樂府的作風卻不類康而似王金，這到很似宋詞中的秦觀雖爲蘇門學士，而其作風卻不類蘇軾而類柳永了。楊愼夫婦之曲，其合處有王金之精，而冗雜亦復如康王；唐寅祝允明之曲，顯露着超越的天才。二陳文學最爲相近，故合敍於此。至沈靑門淸麗之中而又以香奩體著聞，是又別樹一幟矣。

在崑腔未流行之前而能承繼元張可久一派的當推王磐。他字鴻漸，號西樓，高郵人。他的生卒年代雖然不能確定，但據蔣一葵堯山堂外紀說他與成化進士儲柴墟莊定山友善；又正德間閹寺當權，往來河下無虛日，他作朝天子咏喇叭一首以嘲之。可知他是十四世紀後半及十五世紀前半間的作家了。又據康熙揚州府志云：

嘉靖初李夢陽就醫京口，故自矜重，元夕飲楊文襄一淸宅，磐短衣下坐，夢陽傲不爲禮，磐分賦得老人燈，口占云『形骸憔悴不堪描，還自心頭火未消，自分不知年老大，也隨兒女鬧元宵。』夢陽心知其嘲，嘿然而罷。……

按李夢陽生於成化八年（一四七二）弘治六年（一四九三）舉進士，嘉靖八年（一五二八）卒。共活五十七歲，嘉靖初年夢陽不過五十歲，這時王磐已自稱爲老人，譏夢陽爲『兒女』，那末他這時大約是六七十歲的老人了。關於王磐的事蹟及他的生活，堯山堂外紀，揚州府志，張守中的王西樓樂府序，均有較詳的記載。

往時外翁西樓先生，所著樂府，……翁生富室，獨厭綺麗之習，雅好古文詞，家於城西，有樓三楹。日與名流譚詠其間，風生泉湧，聽者心醉。……既而藝日精，家益窘，翁怡然不以爲意，逍遙乎宇宙，徜徉乎山水，出其金石之聲，寄興於煙雲水月之外，洋洋焉不知老之將至。此其襟度有過人者，故所作冲融曠達，類其人也。……（嘉靖辛亥重陽日不肖甥張守中頓首拜書）

萬曆揚州府志也記着他的生活道：

王磐字鴻漸，高郵人。有雋才，好讀書，灑落不凡，惡諸生之拘攣，棄之，縱情山水詩書間。尤善音律，度曲清灑。每風月佳勝，則竹絲觴詠，徹夜忘倦。性好樓居，構樓於城西僻地，坐臥其中，幅巾藜杖，飄然若神仙，一時名重，海內多願與納交。……

他有西樓樂府一卷（一）存小令六十五首，套數九首。他的曲以清麗勝，頗能融會元人喬張二

（一）西樓樂府有明嘉靖三十年刊本，有散曲叢刊本。

家之長。寫懷詠物，諷刺俳諧，俱稱能手，他在弘治正德間，是被推爲詞人之冠的。玆先看他的『寫懷』例子。如：

畫船兒滿載詩豪，
問先生何處遊遨？
水晶宮中聞品簫，
廣寒鄉盡回頭棹。
分付魚龍穩睡着，
等閑閒休放波濤。
老夫今夜放風騷，
搜詩料，
翻動水雲巢。
一天星斗都顚倒，

愛銀蟾水底光搖。
我這里用手撈，
不覺的翻身落，
也是俺形神俱妙，
飛上紫金鰲。（正宮脫布衫過小梁州秋夜同陸秋水湖上泛舟）

昔涵虛評元人費唐臣詞說『放則驚濤拍天，斂則山河倒影，』謂其兼雄健淸麗之長，像西樓此曲，雖未爲『山河倒影，』得毋『驚濤拍天』耶。至西樓詠物的，如：

莊子夢輕輕按醒，
謝公詩句句敲成。
竄斷的燕舞嬌，
供親的鶯歌應，
悄知音千載韓憑，

獨占了梨園板色名，
難怪那滕王閣圖形畫影。（沉醉東風蝶拍）

又如：

溫泉起來權護體，
帶濕雲拖地。
翻嫌月色明，
偷向花陰立，
俏東風有心輕揭起。（清江引浴裙）

這都是詠物的例。王驥德曲律論詠物云『小令北調，王西樓最佳，如詠浴裙睡鞋等曲，首首尖新。』可見西樓詠物之工了。

至他諷刺的，如堯山堂外紀所記，正德間閹寺當權，往來河下無虛日，每到輒吹號頭，齊丁夫，民不堪命。西樓乃作詠喇叭以嘲之：

喇叭，
鎖哪，
曲兒小腔兒大，
官船來往亂如麻，
全仗你擡聲價。
軍聽了軍愁，
民聽了民怕。
那里去辨甚麽眞共假？
眼見的吹翻了這家，
吹傷了那家．
只吹的水盡鵝飛罷。（朝天子）

至他俳諧的例，如：

平生淡薄，
雞兒不見，
童子休焦。
家家都有閒鍋灶，
任意烹炮。
煮湯的貼他三枝火燒，
穿炒的助他一把胡椒，
到省了我開東道。
免終朝報曉，
直睡到日頭高。（滿庭芳失雞）

王驥德甚稱西樓此曲，與瓶中杏花爲鼠所齧倒朝天子，以爲妙絕。

斜插，

杏花，
當一幅橫披畫。
毛詩中誰道鼠無牙，
卻怎生咬倒了金瓶架。
水流向牀頭，
春拖在牆下，
這情理寧甘罷。
那里去告他，
何處去訴他，
也只索細數着貓兒罵。（朝天子瓶杏爲鼠所嚙）

江盈科雪濤詩話評他所作，謂『材料取諸眼前，句調得諸口頭，朗誦一過，殊足解頤。其視匠心學古，艱難苦澀者，眞不啻啖哀家梨也。』西樓的長處便在於此，他若不經意出之，卻是那麼樣的警鍊。

同時有王田（一）者，字舜耕，濟南人，亦號西樓。明人如王世貞之曲藻，陳所聞之北宮詞紀，方悟之青樓韻語廣集，已常把二人混爲一談；獨王驥德曲律始辨明兩西樓之誤。按王田事蹟，傳者不多，據濟南府志云：

王田……以縣佐請老歸田，才敏喜爲樂府詞，膾炙人口，遠近傳播。山水學高房山，不失距度。（卷四十九人物五）

我們所知道王田的事蹟，只此而已。他的散曲，王驥德稱其『多近人情，兼善諧謔。』如：

身子兒生來的偏瘦，

玳筵前逞盡風流，

（一）王田見濟南府志卷四十九人物五。

子弟每抱着喜優優。
一隻手將兒上摟，
一隻手在肚兒上摳，
摳的他百般兒聲氣有。（紅繡鞋詠琵琶）

這種「滑稽佻達」之言，蓋元人王和卿之一流曲藻所詆爲淺於風人之旨者，大概就是指舜耕此類曲子而言罷。

金鑾字在衡，號白嶼，隴西人。僑居金陵，性任俠喜交游，與金陵盛時泰交誼頗篤。時泰字仲文，號雲浦，家多藏書，白嶼寢饋其間，故其散曲能爲明代一大宗。他的散曲有蕭爽齋樂府二卷（一）爲環翠堂四詞宗合刻（馮海粟（？）王西樓金白嶼梁伯龍）之一。約存小令百數十首，套數二十餘首。

（一）蕭爽齋樂府有萬曆刊本。

錢謙益稱他的詩『風流婉約，得江左清華之致。』他的散曲亦蕭爽清麗，兼善詼諧之趣，何元朗謂『南都自徐髯仙後，惟金在衡最為知音，善填詞，嘲調小曲極妙，令人絕倒。』這可見他的作風是與王磐相近的。他的河西六娘子：

海棠陰輕閃過鳳頭釵，
沒人處款款行來。
好風兒不住的吹羅帶，
猜也麽猜。
待說口難開，
待動手難擡，
淚點兒和衣暗暗的揩。（閨情）

任中敏最賞此曲，他說『風物人情四件，寫得無一不美，無一不眞，而文字於嫵媚中猶令人覺朗暢。合之，涵虛評林，則吳西逸之空谷流泉，張雲莊之臨風玉樹，彷彿似之，有不僅楊西菴之芳妍花柳，呂止菴之結綺晴霞』（曲譜卷一）誠然，此曲麗絕亦清絕，在蕭爽齋樂府中，確是一首絕妙好詞。又如：

城邊燈火幾家樓，
江上風波一葉舟，
月中簫鼓三更後，
聽誰家猶喚酒。
正烟花二月揚州，
人已去錦窗鴛甃，
物猶存青浦細柳，
怨難平舞態歌喉。（水仙子廣陵夜泊）

雅潔細緻，俊語如珠。決非沈青門輩專爲人家兒女寫相思者，所可比擬。六娘子閨情，水仙子夜泊，可爲白嶼蕭爽集中的雙璧。近人盧冀野有論曲絕句云『寫情自有生花筆，羞嚼紅絨唾北窗。記得海棠陰下聽幾家燈火譜新腔。』（曲雅）即是指的白嶼此曲。又白嶼詠懷云：

深深的草萊，
小小的亭臺，
多山多水少塵埃。
任流光過客，
好人兒留得百年在，
好酒兒落得千家賣，
好花常得四時開，
大家來合采。（醉太平漫興）

此乃白嶼自道清貧之樂，和他達觀的事情，在字句內很充分地表現出白嶼的寬柔博茂的性格來。白嶼也能詩，如『斷雲疏雁影，殘月亂雞聲，』（泊淮上）『空江積雪添雙鬢，細雨疏燈共一樓。』（除夕）卻情景俱佳。

楊慎的父親楊廷和（一）（一四五九——一五二九）字介夫，新都人。年十二舉於鄉，成化十四年（一四七八年）十九成進士。弘治二年（一四八九）進修撰。正德二年（一五〇七）由詹事入東閣專典誥勅，以講筵指斥佞倖忤劉瑾，改南京吏部左侍郎，尋遷南京戶部尚書，進兼文淵閣大學士，加少保兼太子太保。劉瑾敗，論功進少傅，尋兼太子太師華蓋殿大學士。嘉靖初以議大禮削職歸，共活七十一歲。他美風姿，性沈靜詳審，爲文簡暢有法。所作散曲集有樂府遺音。其情調大類張雲莊的休居樂府，但也很有蕭爽的作風。如：

風闌不放天晴，
雨餘還見雲生。
剛喜疎花弄影，

（一）楊廷和見明史卷一百九十。

烏聲相應，
偶然便有詩成。（天淨紗三月十三日竹亭雨過）

介夫的散曲傳者不多；且樂府遺音又多混雜於升庵十五種內。故論者每誤爲升庵詞。以下更專論升庵。

楊愼（一）（一四八八——一五五九）字用修，號升庵，新都人。正德六年（一五一〇）賜進士第一授修撰。武宗微行出居庸關，他抗疏諫。世宗立，充經筵講官。嘉靖甲申（一五二四）兩上議大禮，他與同列伏左順門力諫，帝命執首事下獄，愼及王元正撼門大哭，帝怒疏廷杖謫戍雲南永昌衞，卒於戍所，年七十二歲。天啓初進謚文獻。楊愼是一位才子，又是宦門子弟，所以他在少年才華煥發，中年流放窮荒後，不能盡其才，自此便放浪詩酒，過他的『頹廢』生活了。明史卷一百九十二本

（一）楊愼見明史卷一百九十二。

傳曾有這樣的記載：

愼幼警敏，十一歲能詩，十二擬作古戰場文，過秦論，長老驚異。入京賦黃葉詩，李東陽見而嗟賞，令受業門下。……嘗奉使過鎭江，謁楊一淸，閱所藏書，叩以疑義，一淸皆成誦，愼驚異，益肆力古學。投荒，所暇書無所不覽。嘗語人曰：資性不足恃，日新德業，當自學問中來。故好學窮理，老而彌篤。……

明史又謂『世宗以議禮故，惡其父子特甚，每問愼作何狀？閣臣以「老病」對，乃稍解，愼聞之益縱酒自放。』王世貞的藝苑巵言，曾記載他當時生活的情形：

用修在瀘州，暇時紅粉傅面，作雙丫髻，插花，門生舁之，諸妓捧觴，遊行街市，了不爲愧。

他的學問很博洽，著書百餘種，明史稱其『記誦之博，著作之富，推愼爲第一。』四庫總目也稱他『賅博圓通，究在明人諸家之上。』他的詞有升庵詞二卷，散曲有陶情樂府四卷，拾遺一卷，約存小令三十餘首，重頭百餘首，套數十首。王世貞曾評他道：

楊狀元愼，才情蓋世，所著有洞天記，陶情樂府，續陶情樂府，流膾人口，而不爲當家所

許。蓋楊本蜀人，故多川調，不甚諧南北腔也。（藝苑巵言）

平心論之，升庵曲雖不甚精粹，但因作者是個『美才甘放』備嘗憂患的人。所以他集中的佳作，也具有爽麗或眞摯的優點。如：

明月中天，
照見長江萬里船。
月光如水，
江水無波，
色與天連。
垂楊兩岸淨無煙，
沙禽幾處驚相喚。
絲纜停牽，
乘風直上銀河畔。（駐馬聽和王舜卿舟行之詠）

像這樣爽麗眞摯情辭並茂的曲，不獨是楊升庵的代表作品，卽在明散曲中也是『上乘』的文字。他這種好曲在集中還有不少的。如：

客枕恨鄰雞，
未明時又早啼。
驚人好夢三千里，
星河影低，
雲煙望迷，
雞聲纔罷鴉聲起。
冷淒淒，
高樓獨倚，
殘月掛天西。（黃鶯兒）
人間境，

最堪憐曉行殘月，
茅店雞聲。（詠月的解三醒）

這些這些，都是他歷盡風霜的悽迷的回憶。他投荒三十餘年，故集中每有思鄉之作。如：

思鄉淚，
遠戍人，
夜更長砌成幽恨。
四年餘瘴海愁春，
夢兒中上林花信。（落梅風）

又如：

想英雄四海爲家，
楚尾吳頭海角天涯。
牆外青山，

丘中白雪，
籬下黃花。
古道上來牛去馬，
小亭中暮靄晨霞。
世事如麻，
吾已瓠瓜。……（折桂令，改雲林古曲）

這不過是升庵的無可奈何聊以自慰罷了。試細想『金鞍少年風韻別，翠被春寒夜。消息未歸來，寒食梨花謝。秋千明月腸斷也。』（清江引）他將不勝『遲暮』之感！他的詩詞也能獨立門戶，沈德潛明詩別裁王昶明詞綜均甚稱之。

楊慎的繼室黃夫人，(一)父親名珂，字鴻玉，官至工部尚書，有介直之譽。她自幼秉承家教，博通經史，能詩文，工筆札。正德十四年（一五一一）與楊慎結婚。楊慎謫雲南，她以寄外詩知名當時。晚香堂漘語云：

升庵夫人黄氏寄外詩有『曰歸曰歸愁歲暮，其雨其雨怨朝陽』之句，傳誦人口。又有滿庭芳巫山一段雲詞『巫女朝朝艷，楊妃夜夜嬌，行雲無力困纖腰，媚眼暈紅潮。阿母梳雲髻，檀郎整翠翹。起來羅韈步蘭苕，一見又魂銷。』皆甚雅麗，或比之趙松雪管夫人，但管工畫竹，詩詞鄙俚，不及黄遠矣。

明朱孟震玉笥詩談也記載着黄夫人的事蹟：

升庵楊先生夫人黄氏，遂寧黄簡肅公女，博通經史，能詩文，善書札，嫻於女道，性復嚴整，閨門肅然，雖先生亦敬憚之。

黄夫人的散曲，在明末已有楊夫人詞曲四卷，拾遺一卷，題徐文長重訂，但篇章多與楊愼的陶情樂府相混，複見之作多至八十餘篇，令人茫然有『孰爲夫倡，孰爲婦隨』之歎。近人任中敏博證

（一）黄夫人見明詞綜卷十一。

羣譸，取夫人曲與陶情樂府合編爲楊升庵夫婦散曲。夫人曲編爲三卷，（一）便較爲純粹而可信了。

她的散曲的作風，也爽麗眞摯，與楊愼相近，而較楊爲縱恣：

俺也曾嬌滴滴徘徊在蘭麝房。
俺也曾香馥馥綢繆在鮫綃帳。
俺也曾顫巍巍擎他在手掌兒中，
俺也曾意懸懸閣他在心窩兒上。
誰承望：
忽剌剌金彈打鴛鴦，
支楞楞瑤琴別鳳凰。
我這裏冷清清獨守鶯花寨，

（一）楊升庵夫人詞曲（徐渭編訂）有明嘉靖刊本。有近人新輯的楊升庵夫婦散曲。

他那裏笑吟吟相和魚水鄉。
難當，
小賤才假鶯鶯的嬌模樣；
休忙，
老虔婆惡狠狠做一場。（雁兒落帶得勝令）

這詞起初追敍初婚時的甜蜜，繼罵她丈夫所歡的爲『小賤才，』而自己又稱爲『老虔婆。』末後要趕上去和他們『惡狠狠做一場，』這種甜辣並用的手段，想見這位多情而又亢爽的黃夫人是如何的情急了。又如：

天生你端要磨咱。
好朵仙花，
落在誰家？
被兒裏風流，

懷兒裏恩愛，
做了口兒裏嗟呀。……
海角天涯，
水渺雲賒。
到頭來雖也相逢，
急時間心癢難撾。（折桂令）
這都是寫情很『恣放』的例子。至稍蘊藉的例如：
樓頭小，
風味佳，
峭寒生雨初風乍。
知不知對春思念他，
背立在海棠花下。（落梅風）

這曲生動流利，有呼之欲出之妙。黃夫人曲以懷念遠謫的丈夫羅江怨四首，流膾人口。如：

空亭月斜，
東方既白，
金雞驚散枕邊蝶，
長亭十里唱陽關也。
相思相見，
相見何年月！
淚流襟上雪，
愁穿心上結，
鴛鴦被冷雕鞍熱。（羅江怨）

黃夫人曲中體裁最奇的莫過於駡玉郎帶過感皇恩採茶歌詠仕女圖，通曲二十四句，即用二十四個『一個』寫二十四個人，別無一個重複，雖散文記敍體中也是『難能』，而乃見於韻曲，豈非創格。

一箇摘薔薇刺挽金釵落。

一箇拾翠羽，

一箇撚鮫綃，

一箇畫屏側畔身斜靠。

一箇竹影遮，

一箇柳色潛，

一箇槐蔭罩。

一箇綠寫芭蕉。

一箇紅摘櫻桃。

一箇背湖山，

一箇臨盆沼。

一箇步亭皋。
一箇管吹鳳簫。
一箇絃撫鸞膠。
一箇倚闌凭，
一箇登樓眺。
一箇隔簾瞧。
一箇愁眉霧鎖，
一箇醉臉霞嬌。
一箇映水勻紅粉，
一箇假花簪翠翹。
一箇弄青梅攀折短牆梢，
一箇蹴起秋千出林杪，

一箇折回羅袖把做扇兒搖。

這種『奇麗』的曲子，都是陶情樂府所無的。所以若專就散曲論，黃夫人實可與升庵站在同等的地位，有時似駕升庵之上。她在散曲壇上，正如詞中之有李清照朱淑眞，『自是世間難見事，楊家夫婦兩詞人』楊愼夫婦在曲壇的成就論，正和英國夫婦詩人白郎寧。

唐寅（一）（一四七〇——一五二三）字伯虎，一字子畏，號六如居士，吳縣人。性穎利，與里狂生張靈縱酒不事諸生業，祝允明規之，乃閉戶浹歲。舉弘治十一年（一四八九）鄉試第一。座主梁儲奇其文，還朝示文學家程敏政，敏政亦奇之。未幾敏政因事被劾，語連寅下詔獄，謫爲吏。他恥不就，歸家益放浪。寧王宸濠厚幣聘之，寅察其有異志，佯狂使酒，露其醜穢，宸濠不能堪，放還。築室桃花塢，與客日飲其中。曾自署印曰『江南第一風流才子。』又曰『普救寺婚姻案主者。』明史文苑傳對

（一）唐寅見明史卷二百八十六文苑二。

他曾有這樣的評語：

寅詩文初尙才情，晚年頹然自放，謂後人知我不在此，論者傷之。吳中自枝山輩以放誕不羈爲世所指目，而文才傾豔，傾動流輩，傳說者增益而附麗之，往往出名教外……（文苑）

他的散曲有何大成所編的六如曲集，王驥德論曲道『小令如唐六如祝枝山輩，皆小有致，』而王世貞曲藻也說『伯虎小詞，翩翩有致。』他的散曲多香奩體，不脫『綺麗』的作風。如：

嫩綠芭蕉庭院，
新繡鴛鴦羅扇，
天時乍暖，
乍暖渾身倦。
整金蓮，
秋千畫板前，

幾回欲上，
欲上羞人見，
走入紗廚假欲眠。
芳年，
芳年正可憐。
其間，
其間不敢言。（山坡羊）

還到是『姿態横生，情意濃郁』之作。又如：

細雨濕薔薇，
畫梁間燕子歸，
春愁似海深無底。
天涯馬蹄，

燈前翠眉；
馬前芳草燈前泪，
夢魂飛雲山萬里，
不辨路東西。（黃鶯兒）

這更變為『悽惋』了。他的散曲除香奩外，也好作放曠語。如：

春深小院飛細雨，
杏花消息何如？
報到東君連夜去，
須索要圈留他住。……（集賢賓自遣的前半）

又如：

數過清明春老，
花到荼蘼事了。

光陰估價，
估價錢多少，
望酒標先拚典翠袍，……
花壓重門待月敲。
滔滔，
滔滔醉一宵。
蕭蕭，
蕭蕭已二毛。（山坡羊）

『清閑兩字錢難買，苦把身拘礙。』在六如的曲中，除了綺麗一類的香奩體外，便都是這些刹那的享樂主義的作品了。唐的同鄉有祝允明文徵明。三人者均以南曲著名弘正間，但文曲傳者不多，故只論祝曲。

祝允明(一)(一四六〇——一五二六)字希哲，因生而枝指，號枝山，又號枝指生，長洲人。他九歲能詩，稍長博覽羣集，文章有奇氣。弘治五年(一四九二)舉於鄉，久之不第。授廣東興寧知縣，捕戮盜魁三十餘，邑因之無警。稍遷應天通判。謝病歸，嘉靖五年(一五二六)卒。他與唐寅齊名。性情的乖僻也相同。明史曾記載道：

祝允明……尤工書法，名動海內，好酒色六博，善新聲，求文及書者踵至，多賄妓掩得之。惡禮法士，亦不問生產，有所入輒召客豪飲，費盡乃已。或分與持出，不留一錢。晚益困，每出追呼索逋者相隨於後，允明益自喜。……

蔣一葵堯山堂外紀也記道：

枝山爲人……不修行檢，嘗傅粉黛，從優伶酒間度新聲，俠少年好慕之，多齎金遊。嘗賦金絡索四景詞，爲時膾炙。

(一)祝允明見明史卷二百八十六文苑二。

他的散曲集名新機錦，今已不傳。但就他現存的諸曲看，也多流麗雋妙之詞。如：

東風轉歲華，
院院燒燈罷。
陌上清明，
細雨紛紛下。
天涯蕩子，
心盡思家。
只看人歸不見他！
合歡未久難拋捨，
追隨從前一念差。
傷情處，
懨懨獨坐小窗紗。

只見片片桃花，
陣陣楊花，
飛過了秋千架。（金絡索春詞）

又如：

為想鸞交鳳友，
趁殘燈淡月，
悄地綢繆。
一團嬌顫太風流，
驚忙錯過佳期候。……（皂羅袍歡情）

像這樣流麗雋妙的『好詞，』難怪當時許多少年們發狂似的追逐他之後。『一時作手出吳中，灑翰神凝顧盼雄；巧擅解衣亦上品，南詞從此盛江東。』（盧冀野詩）他與唐寅的確是南曲壇上的兩顆明星。

陳鐸（一）字大聲，號秋碧，下邳人，徙南京。他是睢寧伯陳文的曾孫，世襲指揮，居第南有秋碧軒與七一居，精潔絕塵，日與友好談讌其中，置『正事』於不顧。周暉金陵瑣事曾記他道：

指揮陳鐸，以詞曲馳名，偶因衞事謁魏國公於本府，徐公問可是能詞曲之陳鐸乎？陳應之曰是。又問能唱乎？陳隨袖中取出牙板高歌一曲。徐公揮之去！迺曰陳鐸金帶指揮，不與朝廷作事；牙板隨身，何其卑也！

他這種『愛好藝術』的精神，看來似狂；實皆有至性。陳鐸外富有此種精神的，如薛千仞筆餘所記的王渼陂，徐復祚花當閣叢談所記的馮正伯，柳南隨筆所記的王厈……蓋明代士風如此，只可。爲知者道也！大聲除散曲外，又工詩，詞，畫。如『晚樹低分霽，春雲淡隔城。』『山月巧窺人瘦影，夜深先向客衣生』都是詩中勝語。又像『波映横塘柳映橋，冷烟疎雨暗亭臯，春城風景勝江郊。花

（一）陳鐸見明詞綜卷三。

蕊暗隨蜂作蜜，溪雲還伴鶴歸巢。草堂新竹兩三梢。』（浣溪沙）這還不是很流麗的好詞嗎？他的散曲集有梨雲寄傲一卷，秋碧樂府二卷，又滑稽餘音一卷（？）（一）約存小令百數十首，套數三十首左右。他的作品大都是『穩協流麗，被之管絃，能審宮節羽，不差毫末』的東西。如：

杏臉桃腮，
展轉思量不下懷。
新月疑眉黛，
春草傷裙帶。
咻，
獨坐小書齋。
自入春來，

（一）梨雲寄傲及秋碧樂府有近人新輯本。

欲待看花，
反被花禁害，
情思昏昏倦眼開。（駐雲飛）

又如：

碧紗窗外月兒高，
秋到芭蕉。
和衣剛得眼合着，
誰驚覺，
花底一聲簫。
吹來總是相思調，
把閑愁喚上眉梢。
展轉聽，

傷懷抱，
粉香花貌，
一夜爲君消。（小梁州）

像這兩曲「一氣呵成，不著波折，而情韻自然濃厚。」曲品說陳秋碧「南音嘹亮，」到是很中肯的評語。他又善於刻畫閨情，其佳者不亞沈青門。如：

更初靜，
月漸低，
繡房中老夫人先睡。
我敢連走到三四回，
囑多情犬兒休吠。（風情落梅風）
半晌家定睛，
越教人動情。

模樣兒都記得，

悔不曾問姓名。（胡十八）

跪在他面前，

曲膝似軟棉，

所事兒不敢說，

一千箇可憐兒。（胡十八）

他也善於寫景，如北黃鐘醉花陰秦淮遊賞：

……

幾行沙鳥傍人飛，

數點征帆待雨歸，

一片漁歌花外起。……（秦淮遊賞么篇）

將將將日墜西，

兒兒雪浪驚濤拍岸回，
紛紛紛宿鳥飛還，
閃閃閃殘霞飄墜，
呀呀呀兩三家半掩扉，
喜喜喜送黃昏遠寺鐘聲碎，
看看看燈火兒依稀。（秦淮遊賞的水仙子）

又如：

月小潮平，
紅蓼灘頭秋水冷。
天空雲靜，
夕陽江上亂峯青。（漁隱的駐馬聽）

像以上所舉的諸例，寫情寫景，很能流麗自然。王世貞說他「所爲散套，既多蹈襲，亦淺才情，」

未免過刻之言。『牙板隨身只自憐，梨雲冉冉板橋邊，』可以想見當年這位『才情馳騁』的少年，對於詞曲之嗜好的程度！

陳所聞字藎卿，秣陵人。明諸生，他是個功名不遂而放浪山水詩酒的人。他雖然在政治上不得志，但他所選的兩部散曲北宮詞紀南宮詞紀，却是二部留傳很盛的書，與楊氏『二選』同爲研究元明散曲之重要參考。他的事蹟及與他所與交友之人，盧冀野的曲雅載之很詳！

> 藎卿卜居莫愁湖畔，一時文士，詩酒流連，所選古今大雅，南北宮詞紀，網羅甚富，流傳亦廣；已作有濠上齋樂府。當時詞人家於秣陵者，有馬俊史忠徐林陳魯南羅子修盛鸞邢一鳳鄭仕胡懋禮杜大成王逢元沈越盛敏耕高志學段炳張四維黃方胤沈恩司馬泰黃開第汪宗姬皮光淳徐維敬孫起都黃成儒趙猷之；而陳鐸金鑾尤稱翹楚。否則藎卿可爲江東一霸，領袖羣倫矣。

他的散曲都見南北宮詞紀。近人有新輯本陳藎卿散曲一卷。存小令一百七十餘首，套數五十六首，在這些作品中都很精粹。顧曲散人說他『思路不幻，故小令少趣；大套亦不長於閨情。惟贈人之作，鋪敍乃其勝場。』（太霞新奏）殊覺失之過刻。但看他的：

風雨蕭然，
寒入姑蘇夜泊船。
市喧纔寂，
潮汐還生，
鐘韻俄轉。
烏啼不管旅愁牽，
夢回偏怪家山遠，
搖落江天，
喜的是蓬窗曙色，
透來一綫。（駐馬聽閶門夜泊）

「豐腴縝密，流麗淸圓」八字，乃陳藎卿選南詞所懸之的，便可移贈此曲了。又如：

我愛他形容細又圓，
怎說得分兩輕還賤，
從常時刺鴛鴦費盡鑽研。
寸腸鐵硬曾經鍊，
小眼星昏望欲穿。
燈兒下憑誰可憐，
只落得繡牀月冷一絲牽。（玉芙蓉詠針）

思路新奇，措語尤工，可算是俳諧的上乘文字。顧曲散人說他「思路不幻」得非過乎？至他的套數，像；

絳蠟不須燒，
雪色螢光兩輝耀。

羡寒流桂影，
素積梅梢。
似浮槎遠浮銀河，
疑不夜驚飛烏鳥
放懷共作長鯨飲，
莫負太平佳兆。（初春看雪晴的畫眉序）

又如：

每日價橫琴棐儿，
檢字芸窗。
也有時尊開北海，
客會高陽。
玉醍醐水陸舖張，

翠氍毹環佩鏗鏘。
泛銀河秋駕蘭舟，
眺東山春挑鶴氅，
宴瑤臺夜擁霓裳。（贈徐王孫的梁州第七）

這便是顧曲散人所說的『贈人之作，鋪敍乃其勝場』罷。與藎卿交遊而以散曲名者金（鑾）陳（鐸）外，盛敏耕也頗知名，敏耕爲盛時泰之子，字伯年，號壺林，上元人。藎卿卜築莫愁湖，乃孫楚酒樓，謫仙尋醉之所，敏耕曾爲作新水令以紀之。

夏言（一）（一四八二——一五五八）字公謹，貴溪人。正德十二年（一五一七）進士。歷官吏部尚書，華蓋殿大學士，謚文愍。著有桂洲近體樂府六卷，鷗園新曲一卷。他是一位詞家，在明詞壇

（一）夏言見明史卷一百九十六。

上是有位置的。王世貞藝苑巵言說：

我朝以詞名家者，伯温穠纖有致，去宋尙隔一塵；用修好入六朝麗事，似近而遠。公謹最號雄爽，比之稼軒，覺少精思。

王世貞雖說他的詞以『雄爽』見長，但像『小樓臨苑對靑山，朱門草色閑。隔花時有佩珊珊，鞦韆楊柳間。』（阮郞歸）其温麗何減和凝，不能以『雄爽』概之了。至他的散曲，也是淸麗的成分，勝過雄豪。例如他的散套白鷗園漫興云：

白鷗園上風光好，
烟霞勝三島。
苔徑入林深，
竹房傍池小。
淸風可招，
明月自照；

與客坐長吟，
挑燈到天曉。（四邊靜）
風光好處人難到，
溪雲山月有誰招?
閒人古來少，
福祿怎消?
葛巾布袍，
田翁野老，
朝夕相從，
笑談不了。（白鷗園漫興的刬鍬兒）

這到是很恬淡的作品。

沈仕字懋學，一字子登，號青門山人，（呂天成曲品云一字野筠）仁和人。關於他的年代可考者有下列諸書：

成（化）弘（治）間，沈青門陳大聲輩，南詞宗匠。（徐又陵蝸亭雜訂）

沈青門陳大聲輩，南詞宗匠，皆本朝化治間人。（明沈德符顧曲雜言）

徐沈二人都說沈青門爲成化弘治間人物，而馮惟敏海浮山堂詞稿卷一有雙調新水令訪沈青門乞畫，則他在嘉靖乙丑（一五六五）當健在。馮曲新水令引言：

青門之名，余耳之舊矣。壬戌（一五六二）早春，歷城邂逅，西館燕嬉，時余猶書生也。余今以曠官赴調，（由淶水調鎮江教授）復得周旋談笑京邸間，因乞作畫，有感舊遊，情不能默。青門藝苑博雅，兼善北譜，故以投之。

我們細玩馮文『青門之名，余耳之舊矣』，『時余猶書生也』諸語，則馮向青門乞畫時，青門已皤然老翁了。（我們假定他這時七十八歲，則他的生年應在成化二十二年——約生于一四八八前後？卒於一五六五之後？）至他的身世，我們可看岳岱今雨瑤華和梁辰魚江東白苧：

青門山人沈仕，身本貴介，（他是明少司寇沈銳之子見厲鶚唾窗絨跋）志則淸眞，野服山巾，江游海覽，新篇雅調，遠邇齊稱，信乎野鶴之立雞羣，祥麟之遊郊外。（岳岱今雨瑤華）

青門山人者，錢唐菁英，武林翹楚；丹青冠於海上，詞翰遍于江南。任俠氣滿，跡類霸陵將軍；自傷情多，家本秦川公子。但峻志未就，每託跡于醉鄉；逸氣不伸，常游神于花陣。聯翩秀句，傾翠館之梁塵；旖旎芳詞，動靑樓之扇影。不揣蕪陋，欲窺室堂，乃效苧蘿之嚬，敢學邯鄲之舞，庶金荃之句，使復見于當年；而香奩之篇，不獨稱于前代。（雜詠效沈青門唾窗絨體引）

沈青門和王磐一樣，『生富室獨厭綺麗之習。』性疎放得很，千金到手輒盡，雖家人飢寒，他也不以爲意。又喜漫遊，齊魯燕薊，都有他的遊踪。他的散曲有新輯本唾窗絨一卷，（一）共存小令七十四首，套數十二首，這些作品，大都豔冶穌麗。所以張旭初說他『其詞豔冶出俗，韻致和諧，入南辭之奧室矣。』（吳騷合編）到是很中肯的批評。例如：

飲罷月朦朧，
照郎歸繡戶中。
銀臺絳蠟含羞捧，
露纖纖玉葱，
映盈盈粉容。
偷回笑臉嬌波送，
怕東風半途吹滅，
佯把袖梢籠。（黃鶯兒佳人秉燭）

此曲的嬌豔嫵媚，生動活潑，可作一張『活動電影』看；但這還是他寫得蘊藉一點的。至像『小帳掛輕紗』一首，便很『赤裸裸』了：

（一）唾窗絨有散曲叢刊本。

小帳掛輕紗，
玉肌膚無點瑕。
牡丹心濃似胭脂畫，
香馥馥可誇，
露津津愛殺。
耳邊廂細語低低罵：
小寃家，
顛狂忒恁，
揉碎鬢邊花。（黃鶯兒美人薦寢）

這眞是孅豔若夭桃的東西。又如：

倚門無語掐殘花，
驀然間春色微烘上臉霞。

相思薄倖那寃家，
臨風不敢高聲罵，
只教我指定名兒暗咬牙！（懶畫眉春怨）
東風吹粉釀梨花，
幾日相思悶轉加。
偶聞人語隔窗紗，
不覺猛地渾身乍！
卻原來是架上鸚哥不是他。（懶畫眉春閨卽事）

像這樣天眞而漂亮的東西，眞教人開卷微吟，就有欲罷不能之勢；這是沈曲的白眉，便是『香奩體』的上乘。奈何後之『效沈靑門體』者，不此之求，而專摹做沈曲綺麗典雅，貌若『淫褻』篇什；疑雲疑雨，遂使沈氏受謗無窮矣。沈曲本色一類的情歌，我很愛讀，不妨再舉他一首：

彫欄畔，

曲徑邊，
相逢他猛然丟一眼，
教我口兒不能言，
腿兒撲地軟。
他回首去，
一道煙，
謝得蠟梅枝把他來抓個轉。（鎖南枝詠所見）

論沈曲者『豔冶穌麗』四字，殆爲沈曲的定評。若以詩爲喻，沈仕頗似韓偓；說到詞便頗似溫庭筠。他們三人是在中國文學史上佔着相似的地位；韓偓創製了詩的『香奩體』，溫庭筠卻開煳了詞的『花間派』；若在曲中，沈仕似乎也是一支『異軍』。『不少空中綺麗語，疑雲疑雨怨青門』，嘉隆以後的曲壇，唾窗絨便爲許多人所追撫矣。

第八章　崑腔起來後的白苧派

梁辰魚——鄭若庸——張鳳翼——朱應辰——屠隆——馮夢龍——袁晉

散曲到了明代，很顯然的有兩個不同的時期，其分界即爲崑腔的起來的前後。在明代崑腔未流行之前，北曲仍佔着重大的勢力，康王金馮是那樣的縱橫馳驟着。這時的南曲，不過剛剛擡頭，只有一個沈仕較爲偉大，然不過像太陽未出來前的爝火一樣。但到了崑腔起來以後，其情形便不大相同，這時南曲大盛，而北曲便漸就衰滅，久不復現於散曲壇了。但是南散曲作家們，每喜參用詞法，尙典雅工麗，喜集曲翻譜，散曲到了這時，雖然牠的詞藻是那末樣的典雅，音韻是那末樣的和叶，但如詞在南宋一樣，已至凝結爲冰彫琢成器的時代。元人蒼茫蕭爽的優點，到此已不復存在了。崑腔始於太倉魏良輔，一時新曲首先採用者，首推梁辰魚之所作。他在劇曲爲浣紗記，在散曲則爲江東白苧。和梁辰魚同派的重要作家，則有鄭若庸張鳳翼朱應辰馮夢龍袁晉諸人。

梁辰魚(一)（一五二〇？——一五八〇？）字伯龍，號少伯，又號仇池外史，崑山人。他爲人好任俠，不屑就諸生試。嘉靖間王世貞李攀龍都與之交。他身長七尺，多鬚，性好遊，足跡遍吳楚間，更欲覽天下名勝，不果而終。他工詩，精音律，時邑人魏良輔能喉轉音調，剏爲崑腔，伯龍作劇曲浣紗記付魏，一時曲家，如陸九疇鄭思笠包郎郎戴梅川等更迭唱和，清詞豔曲，流播人間。朱彝尊靜志居詩話說：

> 伯龍雅擅詞曲，所選江東白苧，妙絕時人，時邑人魏良輔能喉轉音聲，始變弋陽海鹽故調爲崑腔。伯龍塡浣紗記付之，王元美詩所云『吳閶白面冶遊兒，爭唱梁郎雪豔詞』是已。

(一) 梁辰魚見皇明詞林人物考卷十一。

至他在當時享名之盛，張大復的梅花草堂筆談，蝸亭雜訂，都有記載：

梁伯龍風流自賞，修髯美姿容身長八尺爲一時詞家所宗。豔歌清詞，傳播戚里，每傳柑禊飲，競渡穿訂，羅列絲竹，歌兒舞女，不見伯龍，自以爲不祥。……（梅花草堂筆談）

梁伯龍風流自賞，……教人度曲，設大案西向坐，序列左右，遞傳疊和，所作浣紗記，至傳海外。（蝸亭雜訂）

王伯稠也曾贈他詩道：

粉毫吐豔曲，
粲若春花開。
斗酒靑夜歌，
白頭擁吳姬。
家無擔石儲，
出多少年隨。

在這些記載中，都可看出伯龍的身世，和他在當時之聲譽及其影響之大。張旭初於吳騷合編內至推爲『曲中之聖』。雖不無阿好，但他在明曲壇上地位卻是很高的。

他的散曲有江東白苧二卷，續江東白苧二卷，（一）約存小令套數各三十首左右。他這些作品，大都文雅蘊藉，細膩妥帖；但因爲過於重視詞藻，所以往往失於板滯或晦澀。曲子如此，曲序也然。例如：

宸遊，
披香半揭，
天顏應近，
傍垂紅袖。
香籠霧鎖，

（一）江東白苧有明嘉靖刋本，有曲苑本。

通幾點隔花銀漏。
悠悠，
西風高掛漢宮秋。
有人似黃花清瘦？
九疑雲冷，
湘波映着，
翠蛾雙皺。（詠簾櫳的醉太平）

這種拘促於綺語浮詞之間的曲子，雖然字句雕飾得如何工緻，但總不能使讀者眉飛色舞起來。所謂『霧裏看花，終隔一着，』伯龍有的曲卽犯這種毛病。不但他的曲，曲序也何嘗不是如此呢？卽如：

詠物之作，其來尚矣，模寫之妙，世或鮮焉。非音調之不諧，卽情文之未至；旣乖舊譜，復累新聲。緬惟楊柳窺青之篇，斯稱作者；繼而芳草春煙之句，不愧前人。余素蹈歌場，兼

獵聲囿，因端居之多暇，見筆硯之精良，假微物以適情，托蕪詞而比義，喜於房廊縱步，特以簾櫳命篇。（詠簾櫳的序）

江東白苧中有許多近詞的曲，如：

西風裏，
見點點昏鴉渡遠洲，
斜陽外景色不堪回首。
寒驟，
謾依樓，
奈極目天涯無盡頭。
消魂處，
淒涼水國，
敗荷衰柳。（暮秋閨怨的白鍊序）

更有近詩的句子：

雙雙蘭槳，
採蓮歸重催晚粧。
看西施舞罷纖腰，
半含嬌笑倚東牀。
芙蓉帳小夜添香，
楊柳風多水殿涼。（玉抱肚吳宮詞）

又如以下詩句，也皆採用入曲：

東風昨夜到隋堤，
楊柳千條盡向西。（春至有感）
邀郎同上七香車，
遙指紅樓是妾家。（春郊邂逅）

天涯不見一行書，
況復明朝是歲除。（歲暮登江陵庾信樓）
金陵驛路楚雲西，
草色青青送馬蹄。（送龔副使赴鄖陽）
閨中只是暗傷神，
不見沙場愁殺人。（代邊戍寄家人）

像他這樣以絕詩中的全句借用入曲，能裝配自然，驅遣入化，幾令人不能索還，這不能不說是伯龍技術的巧妙處。近人任中敏對梁曲之近詞的，極力貶抑，獨於伯龍曲中採用絕詩，反相推許，謂爲『曲中小令，與詩中絕句，原是一例，正可相通也。』

江東白苧雖爲後人所疵議，但其中儘不少佳構，就中有以雄偉勝的。如：

萬里濤回，
看滔滔不斷，

古今流水，
千年恨都化英雄血淚。
徙倚，
故國秋餘，
遠樹雲中，
歸舟天際。
山勢，
還依舊枕寒流，
閱盡幾多興廢。（擬金陵懷古的夜行船）

有以淒婉勝的：

帳掩，
香消，

人去房空，
珮冷，
魂歸，
桃李春風，
梧桐秋雨。
又是經年隔歲，
忽憶綢繆生前語。
夢見依稀覺後疑，
人間長別離。（破齊陣辛丑五月詠時序悼亡作）

更有婉妙的：

小名兒牽掛在心頭，
總欲丟時怎便丟。

渾如吞卻線和鉤，
不疼不癢常拖逗。
只落得一縷相思萬縷愁。（懶畫眉情詞）

江東白苧中駐雲飛效沈青門唾窗絨十首多蹈襲元人，只邂逅一首，較有新意：

小小冤家，
拖逗得人來憔悴煞。
雅淡堪描畫，
舉止多瀟灑。
咱，
曾記折梨花，
在荼蘼東架。
忙訊佳期，

到答着閑中話，

一半兒人一半耍。（駐雲飛邂逅）

至若同調幽會『昨夜陽臺，珊枕横欹繡帳開。蝶戲花心敗，鳳啄櫻頭解。乖，檀口搵香腮，柳腰輕擺，鬢角梳斜，花墮雲屏外。一半蓬鬆一半歪。』便誠不免『甜俗紅腐』之譏。伯龍此曲，雖標着效青門唾窗絨體，但我們一讀到青門的『耳邊廂細語低低罵，小冤家顛狂忒恁，揉碎鬢邊花。』（黃鶯兒）風致嫣然，便覺伯龍所作，句句『甜俗。』但白苧集中，尙有一篇不負伯龍淸望的，爲代劉季招寄中椒居士一曲：

病淹淹難醫療的模樣，

軟怯怯難存坐的形狀，

急煎煎難擺劃的寸腸，

虛飄飄難按納的情和況。

空自忙，

全然沒主張。
盟山誓海，
誓海都成謊。
輾轉思來，
更無的當。
淒涼，
爲甚更長似歲長？
蕭郎，
莫認他鄉是故鄉。（山坡羊）

意雖尋常，而語獨圓俊如此，無怪張伯起說他「擲地可作金石聲。」他的白苧集雖然是瑕瑜參半，但伯龍的確是明代一位大曲家。

與梁辰魚同時同調的重要曲家有鄭若庸和張鳳翼二人。鳳翼到嘉靖四十年尚存，而若庸的時代較早。若庸（一）字中伯，號虛舟，崑山人。早歲以詩名吳中，所作南劇有玉玦記大節記五福記三種，而以玉玦記爲尤重要，卻開剏了曲中駢儷一派。他的詩與謝榛齊名，有蛣蜣集八卷，北遊漫稿二卷。

他在當時是一位很紅的詞客，趙康王嘗幣聘入鄴，客王父子間，王父子親逢迎接席與交賓主之禮。於是海內游士爭擔簦而之趙。康王死，去趙居清源，年八十餘卒。朱彝尊靜志居詩話云：

> 中伯曳裾王門，好擅樂府，嘗塡玉玦詞以訕妓院，一時白門楊柳，少年無繫馬者。

他誠然是一位很受歡迎的曲家。他的散曲存在者不多，但就這僅存的作品中，也可以看出若庸的作風是相近於白學的。典雅的文句，優美的典實，是他在曲中很重視而且努力地去作。例如：

> 海棠花將開未開，

（一）鄭若庸見明詩綜卷四十九。

倦停鍼繡窗門待。
花睡去冷門階，
教人憐愛。
須避卻妬花風霾，
把門兒慢開，
不許蜨蜂參拜，
若等得着那負心的便隨着進來。（春閨的沈醉東風）
他毒如蜂蠆，
戀花心花還受災，
芳心從此被伊家賣，
說甚麼有意重栽？
桃源洞門信已乖，

武陵溪上春難再。

頓忘卻雙頭鳳鞋，

頓忘去同心鴛帶。（春閨的玉交枝）

懶弍歹，

沒音書三四載。

全不見那日書齋，

曾道是遇鱗鴻足書繫帛。

到如今呆打孩；

筆無情，

手懶擡。（春閨的川撥棹）

像這種典雅工麗的句子，的確是白苧的同派。他的散曲如此，劇曲更是那末樣的典雅。『好鳥枝頭調歌，鞦韆麗日門牆，可憐飛燕倚新妝，半捲珠簾春恨長。』（玉玦記的排調）這不是伯龍浣紗記的辭調嗎。

張鳳翼（一）（一五二七——一六一三）字伯起，號靈墟，又號冷然居士，長州人。與弟獻翼燕翼並有才名，時號『三張。』嘉靖四十三年（一五六四）舉人。屢會試不第，遂棄舉業，讀書養母，晚年以鬻書自給。沈瓚近事叢殘云：

張孝廉伯起，文學品格，獨邁時流。而以詩文字翰交結貴人爲恥。乃榜其門曰『本宅紙筆缺乏，凡有以扇求楷書滿面者銀一錢，行書八句者三分；特撰壽詩壽文，每軸各若干』人爭求之，自庚辰至今，三十年不改。

他在當時很有聲譽，性情也很通脫，花當閣叢談說：

張靈墟……晚喜爲樂府新聲，天下之愛靈墟新聲，甚于古文詞。靈墟善度曲，自朝

（一）張鳳翼見明詩綜卷四十五，明詞綜卷四。

至夕，口嗚嗚不已。吳中舊曲師有太倉魏良輔，靈墟出而一變之，至今宗焉。嘗與次子演琵琶記，父中郎，子趙氏，觀者塡門，夷然不屑意也。

他所作戲曲有紅拂記，祝髮記，竊符記，灌園記，虎符記，扊扅記六種，合稱『陽春六集』。他的散曲有敲月軒詞稿。袁于令說他以『纖媚』勝，但如桂枝香，到頗清疏：

半天丰韻，
前生緣分，
驀然間冷語三分，
窣地裏熱心一寸。
夢中蝶魂，
夢中蝶魂，
月中花暈，
暗中思忖。

可憐人，
不知與慶池邊樹，
何似風流倜儻身？（桂枝香風情）

張伯起在當時雖祇是一位賣文爲活的文人，但在曲壇上卻佔着重要的地位。他和鄭若庸雖然同屬梁派的作者，但伯起的成就，似較若庸爲高，其影響也較若庸爲廣。袁于令說『詞才不同，梁伯龍以豪爽，張伯起以纖媚，沈伯英以圓美，龍子猶以輕俊；至于秀麗，不得不推王伯良。』但看于令以張鳳翼與梁沈王馮並舉，則張鳳翼的確算是嘉靖以後散曲壇上一位不可忽視的作家。

與張鳳翼身世相同，作風也相近的有朱應辰。他字拱之，一字振之，累舉不第貢入太學。他能詩，有逍遙館集。他的散曲有淮海新聲，（一）人稱爲淮海先生。新聲明刊已不可得，淸嘉慶間有黯湘亭

（一）淮海新聲有淸嘉慶間刊本。

校訂本。吳道敏序云：

淮海先生，才情雋麗，襟素高閑，張錦幄以坐花，清哇綏乎六引；飛瓊觴而醉月，妍節凌乎七盤。摛毫則思逐紫雲，握板則音翻白雪，遂使漢陂却步，枝山斂容。……

吳序以他比王祝兩人，可知新聲是兼豪麗兩面的。例如：

河漢與江沱，
有凡魚不鉤他。
從來只說滄溟大，
探驪珠的太阿，
下珊瑚的網羅，
把鼇鼈掣起三山墮。
這生活，
只有姜牙老子，

曾試渭陽坡。（黃鶯兒）

這便是他豪放的例。至如：

雙朶殢人嬌，
兩相看也臉暈潮。
晚妝羞向銀釭照，
一箇雲堆翠翹，
一箇風欹紫腰，
似楊妃挽住了西施笑。
對妖嬈，
生香活色，
見影已魂消。（黃鶯兒題菊）

這便是淸麗的例。『似楊妃挽住了西施笑，』尤刻畫盡致。淮海新聲後附其甥射陂蕪城詞，有畫眉序云；『花月可憐宵，回首風江欲上潮。聽竹西歌吹，猛憶前朝。隋堤外一抹山光，夜市裏雙聲水調。纏腰爭打迷樓過，滿樓紅袖招。』頗能融會入妙。

屠隆（一）（生卒年未詳）字長卿，又字緯眞，號赤水，鄞縣人。他生有異才，嘗學詩於明臣（字嘉則）詩筆數千言立就。舉萬曆五年（一五七七）進士，除潁上知縣，調繁青浦，時招名士飲酒賦詩。游九峯三泖，以仙令自許。然他於吏事不廢，士民皆愛戴之。遷禮部主事，後爲仇人所誣罷官。著有由拳集。他是一位心情極浪漫的人，他的生活是那樣的蕭逸自由，那樣的追求享樂。他代表了隆萬間一個思想荒唐凌亂的時代。明史曾記載着他罷官後的生活道：

> 隆歸道青浦，父老爲斂田千畝，請徙居，隆不許，歡飲三日謝去。歸益縱情詩酒。好賓客，賣文爲活，詩文率不經意，一揮數紙。嘗戲命兩人對案拈二題，各賦百韻，咄嗟之間，二

（一）屠隆見明史卷二百八十八。

章並就。又與人對奕，口誦詩文，命人書之，書不逮誦也。

他的戲曲有彩毫，修文，曇花三記。彩毫記寫李白的故事，以玄宗和楊貴妃之事爲之配。修文記敍蒙曜一家修道成仙事。曇花記敍木清泰好道棄家外遊事。（或謂木清泰卽指其好友西寧侯宋世恩）

他的散曲和他的戲曲一樣工緻，但頗見刻畫之痕。如：

青燈殘夜，
蕭條旅舍。
夢雖多燕約鶯期，
事已共水流花謝。
聽敲窗敗葉，
敲窗敗葉，
助人淒切，

杳難休歇。

鼓鐘絕，

無限衾裯冷，

難消心上熱。（旅思的桂枝香）

……………………

有限眉峯無限恨，

青衫上淚成血。

急整片帆歸也，

又恐怕江寒夜靜空載明月（旅思的長拍）

歸思迷離，

歸思迷離，

愁心哽咽，

怪家山霧黯雲遮。
驚夢怕啼鴂，
逢驛使隴梅徒折。
冷落繡幃香煖，
恨陽關當日唱三疊。（旅思的短拍）

這是江東白苧派中絕肖的作品。

馮夢龍（一）（一五七四——一六四六）字猶龍，一字耳猶，（或子猶）號姑蘇詞奴，又號顧曲散人，墨憨子，別署龍子猶，吳縣人。明崇禎貢生，順治二年，淸兵侵江南，明福王降，唐王即位於福建時，他被任壽寧知縣，但不久他便殉節。所居墨憨齋。他爲明季文壇一怪傑，他的活動的時代始於明

（一）馮夢龍見明詩綜卷七十一。

萬曆，而終於淸初，他在當時與沈自晉同爲劇場的老宿師，但其活動的範圍，則較自晉廣泛得多了。在詩的方面他有七樂齋稿，在劇曲方面他作了雙雄記和萬事足；又改訂精忠旗，楚江情，女丈夫，灑雪堂，酒家傭，量江記，新灌園，夢磊記，（以上合雙雄記萬事足兩種爲墨憨齋新曲十種）及風流夢，邯鄲記，人獸關，永團圓，殺狗記五種。在小說方面他曾編過喻世明言，警世通言，醒世恆言，及平妖傳，新列國志，又編過笑府，情史，智囊，及智囊補。至於散曲方面，他有宛轉歌，和選輯的太霞新奏，並刊布掛枝兒小曲。他在當時的影響是極爲偉大的。曲雅曾記道：

初夢龍在江南撰此曲（掛枝兒）與葉子新門譜，浮蕩子弟，靡然傾動，至有覆家破產者，其父兄羣起訐之，事不可解。適其師熊公廷弼在告，遂泛舟西江求解於公。公曰『海內盛傳馮生掛枝曲，曾擕一二册惠老夫否？』馮跼蹐不置辭，唯唯引咎。因致千里求援之意，公頷之。既而以枯魚焦腐見餉，後授一書曰『便道爲我致故人某，』另以冬瓜爲贈，終不提求援事，馮快快而去，及歸始聞熊飛書當道，被訐事已釋，復憐其行囊之貧，假諸途濟以三百金。……（曲雅論曲絕句注）

他的散曲有近輯馮子猶散曲一卷，約存小令十首左右，套數二十餘首。他雖然是梁辰魚派的中堅，但他的曲卻沒有梁派板滯與晦澀的毛病。他嘗自評他自己的曲道『子猶諸曲，絕無文彩，然有一字過人曰眞』（太霞新奏）這並不是他的自誇，我們就他現存的曲看來，確有極眞切之作。例如：

郎莫開船者，
西風又大了些，
不如依舊還儂舍。
郎要東西和儂說，
郎身若冷儂身熱。
且消受今朝這一夜，
明日風和便去也，
儂心安帖。（江兒水留客）

語旣質樸，情也眞摯，如出伊人之口。又如：

頻頻書寄，
止不過敍寒溫別無甚奇，
你便一日間千遍郵來，
我心中也不嫌聒絮。
書呵你原非要緊的好東西，
爲甚你一日來遲我便淚垂。（玉抱肚贈書）

魂驚夢語不自支，
倩文章壓倒相思。
想遍文章無一字，
寫出來依舊是情詞。
筆底硯紙，

你何故逼人如是？
便博個金共紫，
比相思也不償些子。（有懷的集賢賓）

像這些詞，最足以代表他的作風。又若：

露水荷葉珍珠兒，
現是奴家癡心腸把線來穿。
誰知你水性兒更多變；
這邊分散了，
又向那邊圓！
沒眞性的寃家也，
隨着風兒轉。（掛枝兒荷珠）

這是如何雋永的妙詞，難怪當時的許多少年們都發狂似的追逐於他之後。慢亭歌者評猶子龍以輕俊勝，這到是不可忽視的一句話。

袁晉（一五九九——一六七四）原名韞玉，字令昭，號籜庵，一字凫公，又號慢亭仙史，吳縣人。明末生員，早歲居蘇州因果巷，和妓女穆素徽姘識，被革去學籍。至順治二年（一六四五）清兵南下，袁之鄉里蘇州豪紳地主等托袁撰降伏之表進呈，因功授荊州太守。十餘年始終未陞遷，監司和袁說：『聞君署中有三聲，弈棋聲，唱曲聲和骰子聲。』袁答道：『聞公署中亦有三聲，天秤聲，算盤聲，和板子聲，』監司大怒免袁官。（尤侗艮齋雜記）他本是一位很通脫的人，所以甚不爲當時一般『道學家』所喜，董含三岡識略斥之尤甚：

吳中有袁于令者字籜庵，以音律自負，遨遊公卿間，所著西樓傳奇，優伶盛傳之。然詞品卑下，殊乏雅馴，與康王諸公作輿臺，猶未首肯。其爲人貪汚無恥，年逾七旬，強作少年態，喜談閨閫事。每對客淫詞穢語，衝口而出，令人掩耳。余屢謂人曰『此君必當受口舌之報，』未幾寓會稽，冒暑干謁，忽染異疾，覺口中奇癢，因自嚙其舌，片片而墮，不

食二十餘日，竟不能出一語。舌根俱盡而死。（識略記甲寅年口舌報一條）

他的戲曲受葉憲祖的影響很深，散曲與馮夢龍相近。戲曲有西樓記，金鎖記，玉符記，珍珠記，鷫鸘裘，長生樂，瑞玉記，雙鶯傳，而以西樓記最爲著名。宋犖筠廊偶筆曾記着他的逸事：

袁籜庵以西樓傳奇得名，與人談及，輒有喜色。一日出飲歸，月下肩輿過一大姓門，其家方燕賓，演霸王夜宴，輿人曰『如此良夜，何不唱繡戶傳嬌語』（西樓記錯夢句）乃演千金記耶。籜庵狂喜，幾隕輿。

他和馮夢龍的關係，也可從西樓記內探得。褚人穫堅瓠續集云：

袁韞玉西樓記初成，往就於馮猶龍，馮覽畢置案頭，不測所以而別。時馮方絕糧，家人以告，馮曰『無憂，袁大今夕餽我百金矣。』乃戒閽人勿閉門，袁相公餽銀來必以更餘，逕引至書室可也。家人皆以爲誕。袁躊躇至夜，忽呼燈持百金就馮，及至，見門尙洞開，問其故，曰『主人方秉燭在書室相待，』驚趨而入。馮曰：『吾固料子必至也。詞曲俱佳，尙少一齣，今已爲增入矣，乃錯夢也。』袁不勝折服，是記盛行，而錯夢所以尤膾炙者也。

他的散曲我可引他的散套橫塘載月作例，其情調宛然白苧了。

載輕娃，
暫停舟錢塘水涯，
到處景隨佳，
羨高人願爲泛宅浮家。
我待弄清狂正平鼓撾，
你休怨孤眠商婦琵琶。
種了邵平瓜，
效范蠡扁舟遠駕。
三閭未許誇，
悲放逐啼鵑泣啞，

直恁的困苦欠撑達！（橫塘載月的錦纏道）

暖溶溶，
明月下。
看山影，
輕如畫。
淸溪畔柳可藏鵶，
曲橋外似雪梨花。
荒村數家，
更喔喔犬鳴，
一帶籬笆。（普天樂）
醉流霞，
淺斟低唱按紅牙。

纖纖素指輕輕下，
歌翻子夜，
瑣弄朝華，
一派餘音虛架。
赤鳳堪乘，
彩雲欲化，
今宵清夢繞天涯。
風情瀟灑，
都付與流水浮花。
美人綠鬢，
英雄白髮，
同歸虛話。

想起淚如麻，
持杯斝，
莫教月落漫嗟呀！（中呂古輪臺）
村落內，
集衆譁。
直待要遊觀四下，
喜數里橫塘月正佳。（尾聲）

字句是那末樣的典雅工麗，又是那末樣的喜歡加進典故；不用說元人蒼莽蕭爽的優點，已不復見，即嘉靖以前的淸疏雋永的作風，也難再領略，散曲到此只可說是凝固時期了。

第九章　嘉靖後的吳江派

沈璟——王驥德——史槃——卜世臣——沈自晉

嘉靖以後的曲壇上，沈璟可說是最重要最有影響的作家。他的戲曲和散曲，都是佔着領袖的地位。他的劇曲與湯顯祖並稱，而散曲則和梁辰魚齊名；所不同者梁湯均以文辭的典雅工麗見長，而他則以韻律開拓了晚明劇壇專重韻律的風氣。他在劇曲的一方面的同調，有顧大典，葉憲祖，范文若……諸人；在散曲上則有王驥德，史槃，卜世臣，及其姪自晉。在這些人中，論才情則以王驥德最爲傑出。王氏能賞識元曲，且極知南曲與南散曲之弊；故他的造詣，反駕沈璟之上。史考叔師事徐文長，同時又是沈璟的私淑者。至自晉所作，尤露才情，也非沈璟『本色』一語所能範圍的住；蓋已私淑臨川的作風了。卜大荒在沈派，最爲能夠『衣鉢相承，尺尺寸寸，守其渠矱，』然而也太自苦矣。

沈璟（一）（一五五〇——一六一五）字伯英，號寧庵，又號詞隱生，吳江人。萬曆甲戌（一五七四）進士，任兵部主事，改禮部，轉員外，復改吏部，嗣因上疏請定大本忤旨，降行人司正。萬曆戊子（一五八八）陞光祿寺丞。次年乞歸，家居三十年，始卒。天啓初追贈光祿大夫。他爲人謙和而幹練，退隱後始肆意聲伎。他深通音律，善于南曲，所編南九宮譜，爲作曲者的南圭。他在當時影響很大，沈氏多才，作者蜂起，皆係受璟的感起者。呂天成說他：

沈光祿金張世裔，王謝家風，生長三吳歌舞之鄉，沈酣勝國管絃之籍。妙解音律，花月總堪主持；雅好詞章，僧妓時招佐酒。束髮入朝而忠鯁，壯年解組而孤高。卜業郊居，遯名詞隱，嗟曲流之汎濫，表音韻以立防。痛詞法之蓁蕪，訂全譜以闢路。紅牙館內，謄套數者百十章，屬玉堂中，演傳奇者十七種。顧盼而烟雲滿座，咳唾而珠玉在豪。運斤成

（一）沈璟見明詩綜卷五十。

風，游刃餘地，詞壇之庖丁，此道賴以中興，吾黨甘為北面。（曲品卷上）

沈德符也說：

沈寧庵吏部後起，獨恪守詞家三尺，如庚清眞文，桓歡寒山先天諸韻，最易互用者斤斤力持，不少假借，可稱度曲申韓。（顧曲雜言）

沈璟論文，每右本色，以樸質不失眞為上品，以誇飾雕斲為下，在當時日趨綺麗的作風中，誠然是一位中流的砥柱。他的劇曲與湯顯祖齊名，他的散曲是又與梁辰魚並駕的作家。他在文字的一方面受着梁氏的影響，而他另一方面專求『律正』『與韻嚴』，卻較梁更為努力。同時他又好翻北曲為南，使一時歌場繁衍南聲。故他之所作，往往是『為聲而發者多，為文而發者少。』這樣的結果，文字受韻律的拘牽，而生氣索然。這不能不說是沈氏右本色，重音律之弊。在當時為沈氏張目者，有呂天成王驥德及沈氏諸子侄。然王作曲律對他已略有微詞，而沈自晉增訂南九宮全譜對沈璟原作，也頗有糾正。到後來李調元雨村曲話，尤能洞見沈氏之弊，評他以為生硬稚率，鄙俚可笑；實非過論：

沈伯英審於律而短於才，亦知用故實用套詞之非宜，但作當家本色俊語，卻有不能，直以淺言俚句，掤拽牽湊，自謂獨得其宗，號稱詞隱。而越中一二少年，學慕吳趨，遂以伯英爲開山私相伏膺，紛紛競作，非不東鐘江陽，韻韻不犯，一稟德清。而以鄙俚可笑爲不施脂粉，以生硬稚率爲出之天然。較之套詞故實一派，反覺雅俗懸殊，使伯龍禹金輩見之，益當千金自享家帚矣。（雨村曲話卷下）

他的著述很富，除南九宮譜，南詞韻選外，劇曲有屬玉堂傳奇十七種，義俠記是著名的一種。散曲有情癡寱語一卷，詞隱新詞一卷，曲海青冰二卷。但這幾種現在都不容易見到。近有新輯本沈伯英散曲一卷，約存小令十餘首，套數三十餘首，這自然只是他雲龍的片鱗了。我們先看沈氏翻元曲的八聲甘州：

因緣簿冷，
歎鴛鴦被捲，
枉怨銀箏。
秦樓月影，

蝴蝶夢中孤另，
曾留汗衫餘馥在，
漫哭香囊兩淚盈。
柳眉蹙雙峯，
爲才子留情。（集雜劇名翻元人吳昌齡北詞）

這種「活文字則死之，新意境則腐之」死板板的翻譜，便是伯英爲人所譏議處。但他的集中也不少佳構。如：

一聲杜宇落照間，
又寂寞春殘。
楊柳簾櫳長日關，
正梨花院落初閒。
風朝雨晚，

芳徑裏落紅千萬。
停畫板，
又早見牡丹初綻。（傷春的集賢賓）

這是他俊美的例。又如：

昏慘慘愁城似天，
遠迢迢長日勝年。
記一笑春嬌面，
燈兒下鬢雲偏，
急回首已茫然。（離情的園林好）

這是他悽惋的例。又如：

煞靜悄垂楊院，
虛供養綠暗紅嫣。

銀鈎屈曲指騈聯，
淋漓紅袖，
細草鸞箋。
剛删訂，
相思傳，
遲遲月上桃花扇。
香羅帕，
闌珊了，
舊盟新願。
流蘇帳，
冷落了，
粉露花烟。（離情的漿水令）

這到是很工麗的。至若：

春宵多月亭。
記曲江池上，
麗日初晴。
藍橋仙路，
裴航恰遇雲英。
夢花堂畔言誓盟，
玉鏡臺前作證誠。
他負心幾會，
教魚雁傳情。（八聲甘州）

像此詞音律是非常的和諧，但一察其內容，又是那末樣的平庸陳腐，王驥德說他『吳江守法，斤斤三尺，不欲令一字乖律，而毫鋒殊拙。』（曲律）誠然，他是位過視音律而輕忽詞意的曲家。他的作品除音律外，詞意都不見得高明。他之在當時被稱為「詞家開山祖」在此，他之被人所不滿也在此。

王驥德（？——一六二三）字伯良，號方諸生，又號秦樓外史，會稽人。他師事徐渭，與呂天成，孫日峯，孫如法，（皆天成的外甥）顧大典，史槃，葉憲祖，湯顯祖諸人厚。並皆與沈璟往復討論戲曲。他著有曲律，南詞正韻諸書，對於戲曲的探討，的確有獨到之處。沈璟論曲，於人頗少許可，獨於伯良，極稱賛他的造詣之深。他的戲曲有題紅記，男后記，離魂記，救友記，雙鬟記，招魂記六種。又曾校注西廂記。相傳他客京都日，同好曾集於米氏湛園，邀他講習西廂記。他本會稽望族，（明文授讀說他為王守仁侄）他的祖父王爐峯是一位曲家，藏元劇至數百種，所以他的成就較沈璟又為偉大。他在當時又與魏良輔齊名。曲諧論道：

嘗謂明代曲家，最不可少者，為魏良輔與王氏兩人。無良輔則今日無崑曲，即謂今日無雅樂可也。無驥德則譜律之精微，品藻之宏達，皆無一見，即謂今日無曲學可也。

他在當時確爲有權威的曲家。他的散曲，有方諸館樂府二卷，但現已不傳，其名僅見毛允遂曲律跋。近有新輯本王伯良散曲一卷，約存小令五十餘首，套數三十餘首。在這些作品中，他和沈璟一樣的過視音律而輕忽辭意。他喜寫豔情，喜集曲與翻譜，但他的成就卻高出於沈璟之上。袁于令說『至于秀麗，不得不推王伯良。』誠然，他的曲是那樣的秀麗可喜。如：

蕭蕭郎馬，
怎教人不提他念他。
俏龐兒怕吹破春風，
瘦身軀愁觸損桃花。
不知今夜宿誰家，
燈火章臺處處紗。（玉抱肚）

這曲是很工緻的，而風神又是那末樣的灑落，情韻更是那末樣的自然，沈伯英曲中能有此氣韻嗎？俏龐兒一聯的倒裝句法，更是以前曲家所未曾嘗試的技巧。他有更比此豔冶的：

酒闌人靜，
漏深香細，
更催人移燈先睡。
口脂一縷俏相偎，
翻驚豆蔻新摧。（贈田姬的瑣窗寒）

他有婉約的：

燈花綻，
蟢子飛，
心心盼他郎馬歸，
早起畫娥眉。
紅樓鎮空依，
紗窗暝，

日又夕，
多管是，今宵尚欠幾行淚。（鎖南枝待歸）

任中敏評此曲道：『所謂哀而不傷，怨而不怒者非耶？結語照格是兩句，而讀者均恨不得作一句讀，在多管是三字微頓，下面作一氣，愈得纏綿之致也。』（曲諧卷一）這是很切當的評語。伯良長於寫情，而『本色』尤佳。如：

月華偏管人孤另，
後會茫無定。
信難憑，
兩處思量，
今夜私相訂：
『天邊見月生，
低低叫小名；

我低低叫也，
你索頻頻應。」（一江風見月）

又如：

才郎至，
喜倒顚，
匆匆出迎羞不前，
含笑拜嫣然。
秋波謾偸轉，
你把歸期誤，
辨取摑打先。
誰道見郞時，
都作一團軟。（鎖南枝）

在以上所舉伯良的曲裏，無論是秀麗的，婉約的，豔冶的，……却都眞切生動，足可繼響靑門而無愧。他不但是沈派的健者，就是嘉靖以後的散曲壇上，也是値得恭維的作家。他也喜歡集曲翻譜，例如：

長安遠，
望迢迢蔽浮雲不見，
過眼流光一翦。
記年時選勝，
六街長，
驟金韉，
酒侶詩朋多繾綣。
問甚麼花深柳淺。
狹斜到處成留戀，

從拋綵筆如椽。（二郎試畫眉……集二郎神畫眉序二調）

這是他集曲的例。又如：

紗窗外鳥啼，
惜芳菲紅作堆。
雕闌畔蝶飛，
恨葱龍綠漸肥。
宿雨懨懨初睡起，
不覺庭前花影移。
憶歸期，
數歸期，
夢見雖多相見稀。（一封書譜詩餘長相思）

這便是他翻譜的例。『活文字則死之，新意境則腐之，』正是他中肯的判語。總之，伯良在明散曲壇上，自有他崇高的地位，他的集曲翻譜諸作，固不免『點金成鐵』之譏，但他寫情一類的小曲，是值得我們低迴吟味的。

史槃（一五三〇——一六三〇）字考叔，會稽人。他和王驥德同師事徐渭。他的事蹟，多散見於王驥德曲律，馮夢龍太霞新奏，黃宗羲思舊錄。他長於塡詞，如鶼釵，合紗，雙丸（思舊錄作金丸，爲明姚茂良撰，依墨憨齋訂本改雙丸）夢磊，櫻桃，雙鴛，孿鷗，瓊花，青蟬，雙梅，檀扇，梵書，冬青，十三種。他的散曲，有齒雪餘香。約存小令套數十數首。其曲以爽利工麗爲宗。若醉羅歌題情，可算作爽利一類的代表作：

難道難道丟開罷，
提起提起淚如麻。
欲訴相思抱琵琶，
手軟彈不下。

一腔恩愛，
秋潮捲沙。
百年夫婦，
春風落花。
耳邊枉說盡了從良話，
他人難靠，
我見已差，
虎狼也狠不過這寃家。

這是何等淸俊爽利的作品，任中敏說『蓋此一體文字，非如此一摑見痕，一鞭見血，傾筐倒篋而出不可。蓋呑呑吐吐，讀之令人沈悶，則何有益於曲。故當行曲家下筆，總須具有辣手。』（曲諧卷三）這『辣手』二字確是考叔曲的能事。至如：

燕解離愁，

鶯知別怨，
一雙宛轉話江烟。
又恍是傳消寄息，
把佳期約在明年。
怕只怕一灣流水，
半窗殘月，
幾村漁火，
寂寞對愁眠。（懷清源胡姬的古輪臺）

秀麗中而有宛轉之致，雖於王伯良之善於寫情對此恐也爲之叫絕。

卜世臣（生卒未詳）字大匡，一字大荒逋客，秀水人。（嘉興府志作字藍水）他性磊然不諧俗，日扃戶著書。所著有樂府指南，卮言，多識編，及山水合譜等。他的傳奇有冬青記，乞麾記二種，今皆不傳，但據曲海提要，及曲品所載，冬青記係寫宋義士唐珏葬宋帝骨殖事，以陶宗儀所作的唐義士傳爲本，歌詞悲憤激烈。相傳：

> 檇李屠憲副於中秋夕，帥家優於虎邱千古石上演此，觀者萬人，多泣下者。（品曲）

他和呂天成是最服膺沈璟的。王驥德說：

> 自詞隱作詞譜，而海內斐然向風。衣鉢相承，尺尺寸寸，守其榘矱者二人，曰吾越鬱藍生（呂天成的號）曰檇李大荒逋客，……而大荒乞麾（敍杜牧恣情酒色事）至終帙不用上去疊字，然其境益苦而不甘矣。（曲律）

他在當時有『博雅名儒，端醇吉士』之稱。當時的曲家如范文若，袁晉，馮夢龍，呂天成，……都很推重他，他的散曲，有新輯本卜大荒散曲一卷，約存小令與套數二十餘首。我舉他一首作例：

拔起龍泉，
偸瞧半晌。
剛腸，

笑依然擊筑狂。

流光，

活埋殺執戟郎。（月照山）

這首到很能夠表示出作者的憤慨的感情來。與大荒交厚同師事沈璟的呂天成字勤之，號鬱藍生，別號棘津，餘姚人。祖母孫氏喜藏書，所收古今戲曲甚多。他作雙棲，雙閣，四相，四元，神劍，二媱，神女，金合，戒珠，三星諸記。及其他小劇凡二十三種。他又著品曲，品評自元末至當時的戲文，在文壇上極有聲譽，至今流傳不朽。這書與王驥德的曲律（曲品論劇情，曲律論作法）並稱為論曲的雙璧。

沈自晉（一五八〇——一六六〇）字伯明，晚字長康，號鞠通生，吳縣人。他係沈璟之侄，袁于令之友，當湯顯祖以『才情』沈璟以『本色』對峙曲壇上時，他獨調和於湯沈兩家間，用精嚴的音律，馭俊豔的辭采，他和袁于令同是明末曲壇上主要的作者。假如我們說袁于令是明末梁辰魚派的『健將』，則自晉可說是沈璟一派的『異軍。』范文若說『新推袁沈擅詞場，』袁即是于令，沈即是他。沈自友鞠通生小傳云：

海內詞家，旗鼓相當，樹幟而角者，莫若吾家詞隱先生與臨川湯若士先生。水火既分，相爭幾於怒詈。生蟬綏其間，錦囊彩筆，隨詞隱爲東山之遊。雖宗尙家風，著詞斤斤尺矱，而不廢繩簡。兼妙神情，甘苦匠心，朱碧應度，詞珠宛如露合，文治妙於丹融。兩先生亦無間言矣。（此傳附重定南九宮詞譜後）

這把自晉的立場寫得很明白。不僅自晉一人如此，明末的諸大家，殆無不是兼用沈譜，而追慕湯詞的。自晉所作傳奇，有望湖亭、翠屏山、耆英會三種。他的散曲，有鞠通樂府三卷。（一）他有散曲道：

論散曲是傳奇餘響，
怪刊行亥豕荒唐。
鐫成又恐非時尙，

（一）鞠通樂府有明刊本。

將掩卷案頭藏。
只得把連篇套數供絲竹，
撇下清謳小令腔。
前摹足仿，
曷不敢南詞韻選，
照式端詳。（仙呂解醒樂）

他這曲是不應該忽視的，『鐫成又恐非時尚，』可知散曲到了晚明已達到『日落西山』的時候。不但作散曲的日少，就是一般的民衆們也正在狂熱地歡迎用崑腔寫作的劇曲，而不再喜歡散曲了。雖然散曲在清代也還孕育了許多的作者，但散曲的黃金時代是在元明，並不是清代了。

至說到自晉散曲的作風，大約可以分爲兩種：一是秀麗的，一是悲壯的；其關鍵就在明室的存亡。前一種的寫作多在明代，後一種的便到了明亡了。例如：

草綠平堤雨新添，

樓外斜陽拂翠帘，
花明春暈小眉尖。
無情會把多情閃，
七寶香車皆捲簾。（懶畫眉）
相思人本自雙，
人未必雙思想。
兩下裏難憑，
這相字兒渾無當。
諒他情有盡頭，
祇俺意終難放。
這獨自個牽思，
說單字才非謊。

這單相思分明另是個相思樣。（念梧桐）

他和王驥德一樣的愛寫情詞，而字句又是那末樣的秀麗典雅，音韻更是那末樣的和諧自然；這大概就是他給繹湯（若士）沈（伯英）二家間的『以精嚴的韻律，馭俊豔的曲采』作品吧。至他後一種作品的例，像：

西山薇苦，
東陵瓜爲，
孤竹千秋難踐。
青門非舊，
蕭條故苑依然。
雲根變，
雪徑遷，
望垂虹驛路誰傳？

愁的我寒煙宿雨殘兵燹，
愁的我衰草斜陽欲暮天。
江山千古，
波縈翠鑴，
興亡一旦。
歌狂酒顛，
揮毫寫不盡登樓怨。（六犯清音）

他這是滿載着亡國之恨的。自晉之生正是湯沈分霸曲壇的時代，他的活動期，約在天啓崇禎間，明亡後他歸隱吳江。順治十六年（一六五九）鄭成功率兵攻瓜州時，袁于令適在杭，聞亂歸南京視家族，路過吳江，訪沈自晉，互歎衰老，他這時已是七十餘歲的人了。

第十章　梁沈以外的曲派

施紹莘——徐石麒——劉效祖——朱曒基——趙南星

明嘉靖以後的散曲壇上，差不多可說是梁（辰魚）沈（璟）兩派的分霸。在當時的許多散曲家們，不是追慕梁派的『典雅，』便是醉心沈派的『本色。』這些人無不爲梁沈所範圍而謹守着梁沈的尺矱不敢遠隔一步。但這時也未嘗沒有天才的作家，特立於兩派之外，與梁沈儼成鼎足之勢，這便是花影集的著者施紹莘。施氏之曲派，乃融元人之『豪放』與『清麗』而以『綿整』出之，散曲到此可以說是『集大成』——發展到最高的領域。施氏以後，便無復能繼其業的了。雖然清人趙慶熺香銷酒醒曲差可繼響花影，但散曲的怒潮已經成了過去，趙氏也不過殘蟬的尾聲而已。再者江都徐石麒之所作，也未爲梁沈所範圍。詞臠的作者劉效祖頗以『小曲』名。爲敍述之便，將劉效祖及明小曲家朱瞻基趙南星諸人附於施氏之殿。

施紹莘（一）（一五八一——一六四〇）字子野，號峯泖浪仙，華亭人。少負儁才，後屢應鄉試不第，乃作別業於泖上，又營精舍於西佘，極煙波花葯之美。時陳眉公居東佘，管絃書畫，兼以名童妙妓，來往嬉遊，故自號浪仙。他嘗自道其山水之緣；

> 予煙霞痼疾，出于性成。猶記五六歲時，便喜種植，以盆爲苑，以盎爲池，竟日徘徊，欣然如有所得。七歲就塾師，或遷延避學無他嬉也，止遊喜于花草間耳。既壯，誘慕日增，時寄情于詩酒聲色，要以鋪襯林泉，未嘗忘本也。丙辰冬始營西佘別業，遂爲先人卜宅，蓋便爲予歸骨地矣。己未秋復移家圓泖濱。……每春秋則居山亭桃梅桂蘭之奉，覽煙雲月露之奇；冬夏則居水長禾黍雞豚之社，樂池潭風雪之觀。……（泖上新

（一）施紹莘見明詞綜卷五。

居自跋）

他是位享樂的人，他的居處極風物之美。他所作散套泖上新居後，有顧彥容的跋，曾記着子野居處的勝概：

子野……因營先公莬裘於西佘，遂葺就麓新居：齋曰三影，亭曰衆香，菴曰秋水，樓曰罨黛，曰妍隱；軒曰語花，曰聊復：更有竹間水上，西清茗寮，一燈十笏諸勝……抵山之峻絕處，肯堂三楹，扁曰春雨，曰詩境，曰太古齋。……

他的山居的生活怎樣：

居山中，雨不出，風不出，寒不出，暑不出；貴客不見，俗客不見，生客不見，意氣客不見。凡四時風景及山水花木之勝，皆譜撰小詞，教山童歌之。客至出以侑酒，兼佐以簫管絃索，花影杯前，松風杖底，紅牙隽舌，歌聲入雲，亦甚足爲耳輪供養矣。更作一釣船曰隨菴。風日和美，一葉如萍，半載琴書半攜花酒，紅裙草衲，名士隱流，或交舄並載。每歷九峯，泛三泖，遠不過西湖太湖而止，所得新詞，隨付絃管，興盡而返，闔門高臥。（西佘山

居記）

他又寫山居之樂道：

歲聿云暮，日月就除，農事已休，春耕初起，紙窗明暖，柏影蕭疏，雪月燈熒，夜幃茶熟。此時一盆火，一瓶花，煨芋數頭，家人姬侍相與守歲圍爐，燒聚焚栗，檢點一年區處，花月幾何逋欠，詩酒債若干。更以文心之波，旁及聲律，令小童歌自製新詞一兩章，覺枯寂之氣，一時遣去，鬢眉毫髮，皆溫溫然有生意，此山翁極風致極快樂事也。（甲子除夕曲跋）

子野於園林山水外，尤好酒色。陳眉公嘗贈以詩云：『人擁如花香國近，酒逢敵手醉鄉寬。』包穉先說他：『子野情根引蔓，隨地下種。』（跋子野的祝如姬初度）他自己也嘗有詩道：『從來江海淚花成，自古乾坤情字裏，』都可爲證。他是位酒色的狂好者，『蝴蝶一生花裏』，他也許就這樣的頹廢着享樂過了一生。他的散曲集有花影集四卷（一）共存套數八十六首。爲明人專集中套數最多者。小令七十二在集中尚未滿一卷。他的曲陳眉公最能賞識：『子野詞太俊，情太癡，膽太大，手太辣，腸太柔，舌太纖，抓搔痛癢，描寫笑啼，太逼眞，太曲折」（花影集序）眉公之所以贊子野者語語中肯，我們可就花影集分爲下列四類。一俊逸的：

新篁恰將空地補，
柳根芳草藏魚，
見輕鴨浮來隨意住，
綠波波細草新蒲。
水窗煙戶，
在楝樹亂花飄處。
天欲雨，
聽隔岸伏鳩呼婦。（園林初夏的集賢賓）

（一）花影集有明崇禎刊本，有散曲叢刊本。

水際幽居疑浮島，
結構多精巧。
垂楊隱畫橋，
轉過灣兒，
竹屋風花掃。
門僻是誰敲？
賣魚人帶雨提到。（泖上新居的步步嬌）

又如：

水到芙蓉斜照，
更半黃銀杏，
低罥團瓢。
豆棚籬落野花妖，

紙窗燈火秋蛩叫。…………（村居九日的皂羅袍）

水上人家，

漠漠池塘十里蛙。

門臨壩，

疎籬曲曲帶榴花。…………（村居午日的不是路）

陳儀泰所謂『眼前景物，拈來便妙，而韻致遒逸。』實爲的評，在元明的散曲中，我們看到的，無非描情寫意的文字，而能以散曲描寫田園風景的作品倘少，讀子野這些文字，如看范成大楊萬里諸人的田園詩，竹籬茅舍豆棚瓜架山花野草……一切自然界奇異而偉大的景物，都到子野曲裏了。二哀豔的；

意中人去，

眼中人淚，

傷心荒草新墳，

腸斷亂鴉枯樹。
想今番別離，
郎儘相思爲你，
你便相思無據。
覺誰知，
燭灰眼下空含淚，
蠶老心中枉掛絲。（悼亡姬爲彥容作的桂枝香）

又如：

乍飛來百子幃前，
又悠揚秋千繩底。
正池塘微漲，
野花鋪薺。

只見嫽紅細打，
妬白輕敲，
賺殺桃和李。
陌頭新綠也與門齊，
歎滚滚風流趁馬蹄。
留不住，
推不去，
有人妝能高樓裏。
懷花夢，
哭花詩。（楊花的梁州序）
一片片一片片芳菲哄人，
一點點一點點東君負心，

作踐韶華直恁！
子規啼一聲，
撩亂古墳荒徑。
幾回風雨，
知多少囊葬芳魂。（惜花的滴溜子）

他這一類的曲在花影集中最多而最爲出色。『哀豔淒楚』更是子野所獨擅，蓋巳下導濟趙慶熺諸人的先路了。三渾雄的：

虎踞龍蟠，
看江山妍秀，
古今都會，
人間事，
日夜潮來潮去。

興廢，
楚楚衣冠，
擾擾干戈，
紛紛宅第。
如沸，
今做了草頭烟，
尋得個斷碑無字。（金陵懷古的雙調夜行船）

又如：

陰晴，
萬古這冰輪不改，
憑人覆雨翻雲，
欲向吳剛求利斧，

劈開懵懂乾坤。
休譁，
一點山河，
三千世界，
人間萬事總虛影。
多管是淸光夜夜，
照不分明。（月下感懷的念奴嬌序）

慷慨悲壯的東西，在子野的集中是很少的。因爲壓根兒他不是『大江東去』的豪放派，乃是位低吟着『曉風殘月』的同調。四爽利的：

沒人庭院種芭蕉，
慘模糊隔窗烟草。
引淒涼來枕畔，

欺命薄上花梢。
急打輕敲，
亂灑斜飄，
總送個愁來到。（夜雨詞的新水令）
一聲聲窗外瀟瀟，
雞也膠膠，
漏也寥寥，
竹也蕭蕭，
樹也搖搖。
怎消得簾衣裊裊，
窗紙條條。
扯淡的把香也燒燒，

棋也敲敲，
書也梟梟，
燈也挑挑。（夜雨詞的折桂令）

這種爽利的曲子，子野每優爲之。若以元明作家爲喻，則他這類的頗接近關漢卿與馮惟敏。至老辣的：

怎車乾恩愛河，
推不動相思磨。
祆廟燒完，
漸近藍橋路，
今朝出網羅，
到鳳凰窩。
爭氣潘郎成就奴，

羞慚了搬唆誹謗銷金口，
塗抹了長短方圓畫餅圖，
從今啊，
刀山變作軟衾窩。
眞個是悲處歡多，
況更是歡處歡多，
把歡字渾身裹。（合鏡詞的金索掛梧桐）

又如：

且尋一箇頑的耍的眞知音風風流流的隊。
拉了他們俊的俏的做一箇清清雅雅的會。
揀一片平的軟的襯花茵香香馥馥的地。
擺列着奇的美的趁時景新新鮮鮮的味。

兀的便醉殺了人也麼哥，

兀的便醉殺了人也麼哥，

任地上乾的濕的渾帳啊便昏昏沉沉的睡。（春遊述懷的叨叨令）

我們在論子野的曲中，說他包含着俊逸，哀豔，雄渾，爽利，老辣諸優點。但前四點在明人中能者殊不少，獨『老辣』一層，明人除馮海浮外差可與比肩者，要爲子野所獨擅了。

花影集最以散套擅長，吳瞿菴先生推爲明代一人。至他的小令在明人中也屬上乘。詠物的，如：

水仙可憐潮嫩臉，

姊妹偷攜伴。

牽絲意緒多，

落瓣衣裳換，

晚妝出來全帶軟。（清江引詠荷）

仙妃化身生小苑，

未了塵凡願。
探頭欲語誰，
障葉還羞面，
橫塘夜涼郎信遠。（淸江引詠荷）

探頭二句，憨柔頑豔，接語風神搖蕩，娟蒨絕塵。子野詠荷諸曲，在明人詠物之中，自是化境。至寫情的如：

風捲楊花，
點點飛來醮綠紗。
衣帶鬆來怕，
得似前春嗎？
嗏，
淚眼問東風，

沒些回話。

教著鸚哥，

也把東君罵，

一半嗔他一半耍。（駐雲飛春恨）

恩情不教人當耍，

這幾日何爲者？

情知有歸去時，

卻現怕分離夜。

且含着淚花兒，

把相思句兒胡亂寫。（清江引別思）

這曲頗與貫酸齋相近，貫曲塞鴻秋結句云『今日箇病懨懨剛寫下兩箇相思字。』正與此曲結句相同。至前曲駐雲飛春恨詞效詩門體『淚眼問東風，沒些回話，教著鸚哥，也把東風罵，』尤極頹靡之至。『淚眼莫聽鸚鵡罵，扶將花影問東皇。』（盧冀野論曲絕句）此體靑門導其先聲，子野爲其後勁，後人效之，遂不免流入柔靡之境。

徐石麒(一)（生卒未詳）字又陵，號坦庵，江都人。他爲人沈默寡言笑，而精研名理，因遭明季兵亂，不出應試，以詩酒自遣。阮元廣陵詩事曾記他道：

> 徐石麒北湖人。……工于詞曲，每成一曲，高吟令女延香聽之。有不合聲律處。延香爲之正拍。延香名元端，有繡餘吟詩一卷，王文簡（漁洋山人）池北偶談，稱其入李易安之室。（廣陵詩事卷九）

我們所知道徐石麒的事蹟，止此而已。他的散曲有黍香集三卷，今約存小令五十首左右，套數八首，在明末清初的曲壇上，劇曲方面是湯（顯祖）沈（璟）的爭霸，散曲方面梁（辰魚）沈（璟）

（一）徐石麒見廣陵詩事卷九。

的割據。石麒雖然是這潮流時代的人物。但他的作風卻不爲梁沈所範圍，而自翔清新雋美的風趣，這是很可注意的。例如：

簾外晴絲縈落霞，
鶯聲裏九十韶華。
柳色纔眠，
杏花初嫁，
聽不得玉鞭嘶馬。（冶遊曲的夜行船）

這種秀麗的句子卽置之施子野花影集中，也是上乘的文字。又如：

饒一寸眉間皺，
近看來好事多。
拂籐床頭枕着鶯聲臥，
捲湘簾懷抱着靑山坐，

靸芒鞋手曳着東風過。
任天公顛倒事非多，
眼惺惺一抹都瞧破。（寄生草）

清新雋美，的是元人遺音，在此講求音律鍛鍊字句的晚明曲壇，像石麒一樣的清新文字，使人精神爲之一振。他的詞曲，有坦庵詞曲六種。（二種是詞，四種是雜劇。）

劉效祖（一）（生卒未詳）字仲修，別號念庵，濱州（一說宛平）人。嘉靖庚戌（一五五〇）進士，後官至陝西按察副使。武定明詩鈔曾引明詩綜詩話記其逸事云：

副使負經世略，坐計吏罷官，寄情詞曲，所塡小令可入元人之室。穆宗嘗遣中使索其題册，呼曰『念庵，』念庵，副使別字也。因賦詩云『更生雙鬢已蕭騷，敢謂文章擅彩

（一）劉效祖見武定明詩鈔卷一。

毫。過謀偶承明主問，因緣不是鬱輪袍。』人傳其事，以爲列朝所未有。

他的著作很多，計散曲有短柱效顰，蓮步新聲，都邑繁華，閑中一笑，混俗陶情，裁冰翦雪，良辰樂事，空中語諸集。但這些集現均不存，只存後人所搜輯的詞臠（一）一卷。他所作北詞盛傳一時，而小曲尤爲當行。如

日初長柳絲綻黃金模樣，
雨纔過桃杏花撲面清香。
賣花人一聲聲喚起懷春情況。
蝴蝶兒爭新綠，
雙燕兒鬧雕梁。
打點出那小扇輕羅也還要去流水橋邊賞。（掛枝兒）

（一）詞臠有康熙九年刊本。

又如：

我教你叫我一聲兒你只是不應，

其實你不等說就叫我纔是眞情。

背地裏只有你共我還推甚麼佯羞佯性？

你口兒裏不肯叫，

想是心兒裏未必疼，

你若是有我的在心兒裏也爲甚麼開口難得緊？（掛枝兒）

像這些小曲，寫景描情卻能入微，無怪乎掛枝兒打棗竿……之能獨盛一時了。在明代的曲家中，作小曲最多者除劉效祖外，尚有朱瞻基（一）（明宣宗）（一三九八——一四三五）趙南星（一五五〇——一六二七）二人。朱有御製樂府一卷，見千頃堂書目。徐氏筆精內敍他所作小

（一）明宣宗見明史卷九。

曲寄生草兩枝，頗爲名貴。其一云：

賽爛熳三春景，
稱清和四月天。
綠楊煙罩絨絲線，
彩蓮水映紅妝面，
翠芭蕉風颭青蘿扇。
林泉盡日好留連，
池塘長夏宜清遣。（寄生草）

其二云：

有馥郁荷香度，
看微茫野色連。
幾行鷺印平沙遍，

一羣魚躍清波淺，
數聲樵唱西山遠。
茸茸芳草紫騮嘶，
陰陰喬木黃鸝囀。（寄生草）

論者以宣宗此二曲與宋徽宗燕山亭並傳千古了。趙字夢白，（一）號清都散客，高邑人。爲明『東林黨』中重要人物之一，當時以他與鄒元標，顧憲成，比於漢季的『三君』。他的散曲有芳茹園樂府一卷，其中也頗多小曲。如：

俏寃家我咬你箇牙厮對。
平空裏撞着你，
引的我魂飛。

（一）趙南星見明史卷二百四十三，明詞綜卷四。

無顛無倒，
如癡如醉。
往常時心似鐵，
到而今着了迷，
舍死忘生只是爲你。（劈破玉）

朱劉趙三家外，在明代大散曲家如康海（月雲高）馮惟敏（玉抱肚）陳鐸（風入松）、沈仕（鎖南枝）梁辰魚（駐雲飛）王驥德（鎖南枝）施紹莘（駐雲飛）馮夢龍（江兒水）諸人，也都有小曲傳世；可知『小曲』在明曲壇上是不可忽視的一種『新詩體。』所以明卓珂月說『我明詩讓唐，詞讓宋，曲讓元，庶幾吳歌，掛枝兒，羅江怨，打棗竿，銀絞絲之類，爲我明一絕耳。』（陳宏緒寒夜錄引）

(附錄)研究散曲重要參考書

(一)總集及選集類

陽春白雪十卷　元楊朝英輯，至正初刊本，有散曲叢刊本，(前集五卷，後集五卷，補集一卷。)

朝野新聲太平樂府九卷　楊朝英輯，至正十一年刊，有四部叢刊本。

樂府羣玉五卷　無名氏輯，明鈔本，有散曲叢刊本，(舊題胡存善選(?)附錄一卷。)

樂府新聲三卷　無名氏輯，舊鈔本，元刊本。

新編南九宮詞八卷　明蔣孝輯，明刻本。

盛世新聲十二卷　明無名氏輯，有正德十二年刊本，有萬曆間翻刻本。

詞林摘豔十卷　明張祿輯，嘉靖四年刊。

雍熙樂府二十卷　明郭勛輯，嘉靖十九年刊，有四部叢刊續編本。

南詞韻選十九卷　明沈璟選，萬曆刊。

北宮詞紀六卷　明陳所聞輯，萬曆三十二年刊。

南宮詞紀六卷　明陳所聞輯，萬曆三十二年刊。

詞林逸響四卷　明許宇輯，天啓三年刊。

太霞新奏十四卷　明顧曲散人輯，天啓七年刊。

青樓韻語廣集八卷　明方悟輯，崇禎四年刊。

白雪齋選訂樂府吳騷合編四卷　明張旭初輯，崇禎十年刊。

彩筆情詞十二卷　明張栩輯，明天啓刊。

吳騷集四卷二集四卷　明張琦輯，明刻本。

吳騷萃雅四卷　明周之標輯，明萬曆刊本。

增訂樂府珊珊集四卷　明周之標輯，明崇禎刊本。

南音三籟四卷　明凌濛初輯，清康熙刊本。

（二）別集類

東籬樂府一卷　元馬致遠撰，有散曲叢刊本。

夢符散曲二卷　元喬吉撰，有明隆慶刻本有散曲叢刊本。

小山樂府六卷　元張可久撰，有隆慶刊本有散曲叢刊本。

雲莊休居自適小樂府　元張養浩撰，有明成化刊本。

酸甜樂府二卷　元貫雲石，徐再思合撰，有散曲叢刊本。

筆花集二卷　明湯式撰，明抄本。

周憲王誠齋樂府一卷　明朱有燉撰，有明宣德九年刊本。

沜東樂府二卷補選一卷　明康海撰，有明嘉靖間刊本，有二太史樂府聯璧本，有散曲叢刊本。

碧山樂府二卷　明王九思撰，有明嘉靖十二年刊本。

王西樓先生樂府一卷　明王磐撰，有嘉靖刊本有散曲叢刊本。

南峯樂府一卷　明楊循吉撰，有抄本。

寫情集二卷　明常倫撰，明刻本。

樂府餘音一卷　明楊廷和撰，明嘉靖刊本。

陶情樂府五卷續四卷　明楊愼撰，有明嘉靖刊本。

楊夫人詞曲五卷　明楊愼妻黃氏撰，明萬曆刻本。

江東白苧二卷續二卷　明梁辰魚撰，有明刻本，有曲苑本。

唾窗絨一卷　明沈仕撰，有新輯散曲叢刊本。

海浮山堂詞稿四卷　明馮惟敏撰，有明嘉靖刊本，有散曲叢刊本。

蕭爽齋集二卷　明金鑾撰，有萬曆刊本。

秋水庵花影集四卷　明施紹莘撰，有清初刻本，有散曲叢刊本。

惆通樂府三卷　明沈自晉撰，有明刊本。

（三）評論及研究類

錄鬼簿　元鍾嗣成著，有楝亭十二種本，有王忠慤公遺書本。

續錄鬼簿　明賈仲明著，有天一閣鈔本。

太和正音譜二卷　明朱權編，有洪武間刊本，有涵芬樓祕笈本。

散曲概論一卷　任訥著，有散曲叢刊本。

曲諧四卷　任訥著，有散曲叢刊本。

曲雅（附論曲絕句）　盧前著，開明書店影蜀刻本。